U0526883

Dos soledades

Un diálogo sobre la novela en América Latina

两种孤独

〔哥伦比亚〕
加夫列尔·加西亚·马尔克斯

〔秘鲁〕
马里奥·巴尔加斯·略萨
—
著

侯健
—
译

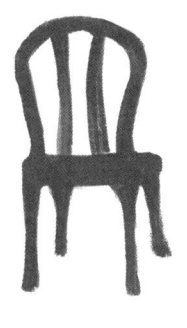

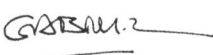

南海出版公司

新经典文化股份有限公司
www.readinglife.com
出　品

目 录
Contents

被寻回的文字 // 1

第一次，也是最后一次 // 9

前言 // 21

拉丁美洲小说
26　第一部分
57　第二部分

"证词"
90　许多年过去了，可我依然记得
94　人生与文学
98　当马里奥·巴尔加斯·略萨
　　遇见加夫列尔·加西亚·马尔克斯
102　巴尔加斯·略萨评加西亚·马尔克斯

访谈

118 加西亚·马尔克斯:
　　我们正在打造属于美洲的伟大小说
129 加西亚·马尔克斯：关键词是"真诚"

相片集 // 143

被寻回的文字

读者即将读到的这场怪异至极的对谈是在利马进行的，距今已有五十二年[①]了，对谈双方——巴尔加斯·略萨和加西亚·马尔克斯——彼时都还是年轻的拉丁美洲小说家。我说它"怪异至极"，是因为在那场谈话中出现的所有重要表述无一不在这段时间里发生了戏剧性的变化。那场对谈的主题是"拉丁美洲小说"，简明扼要，看上去人畜无害，可我们立刻就能发现无论是小说，还是拉丁美洲，抑或是拉丁美洲小说，都不再是巴尔加斯·略萨和加西亚·马尔克斯在一九六七年九月的那场对谈中提及的样子了。请注意，如果说它们不再是当时的那副模样，那么"始作俑者"恰恰是巴尔加斯·略萨和加西亚·马尔克斯

[①] 此处指 2019 年。——如无特殊说明，本书注释均为译注。

本人；因为接下来的半个世纪属于《百年孤独》的成就和影响，属于《酒吧长谈》那无与伦比的野心，属于《一桩事先张扬的凶杀案》和《世界末日之战》展现出的奇妙的拉丁美洲传统；也因为在这半个世纪中，我们的政治环境发生了巨变（从帕迪利亚事件和皮诺切特政变，到藤森现象和菲德尔·卡斯特罗的长寿），而这两位小说家参与了所有这些政坛风云。那场谈话里经常被提及的博尔赫斯曾在《〈吉诃德〉的作者皮埃尔·梅纳尔》里把下面这个想法永远固定了下来：时间的流逝——还有我们写出的、用以将时间具象化的那些书籍——改变了文字的内涵。

这是阅读这场对谈的最有效的方式之一。对于我们——拉丁美洲的读者和小说家——来说，那两位小说家在一九六七年用来解释那个历史时刻的文字内涵已不复存在了：它们已被摧毁，随着时间的推移发生了转变，我们现在已经不像他们那样使用那些文字了。

在谈及作品的主题"孤独"时，加西亚·马尔克斯觉得有点害怕，因为那个词太"形而上学"了，因此也就显得有些"反动"；而在巴尔加斯·略萨谈及作家的"责任"时，或是在讨论不同小说体现的"抱负"的层次时,我们能够体会或者凭直觉感知当时那个战栗的政治世界压在他们身上的重量。那时的文学状况也与现在不同。为了确定并描述《百年孤独》意义深刻的创新之处——或者换个说法,为了用大头钉将"黄蝴蝶"固定下来——巴尔加斯·略萨先是谈到现实主义,然后又谈到一些似真似幻、充满诗意的情节,最后提及在一部魔幻作品的深邃之处隐藏着的可能性;加西亚·马尔克斯在回答中强调说自己是现实主义作家,并举例说明书中的魔幻成分与拉丁美洲的现实不可分割,他还用令人钦佩的洞察力发现那种现实可以为世界文学增添一些新东西。不过在那次交流中仍然有某种空缺,某些我们认为是空缺的东西,因为读者期待的那个概念,也就是已体现在谈话氛围中,但彼时始终无人发现、从来没在对谈中以任何形式出现过的那个概念,即"魔幻现实主义"。没错,也许这就足以用来定义那场对谈了:在一九六七年,世界新生伊始,许多事物还没有名字①。

不过,有一样事物已经开始有名字了。刚出现

---

① 此处模仿了《百年孤独》的开头。

时，那个名字有些争议，但随着时间的推移它变成了我们文化生活的组成部分。巴尔加斯·略萨只提到过它一次，他问加西亚·马尔克斯如何看待拉丁美洲小说的"爆炸"现象。当然了，"爆炸"这个词在当时的含义也与现在不同，这场对谈的众多美妙之处之一就是捕捉到了参与其中的两个主要人物在那个文学现象刚开始成形时的状态。我们这些拉丁美洲小说的读者仍在针对那一切开始的时刻争论不休。"文学爆炸"是什么时候开始的呢？是从《城市与狗》在一九六二年获简明丛书奖时开始的吗？是从《百年孤独》获得意料之外的巨大成功时开始的吗？无论如何，利马的那场对谈都是"文学爆炸"的重要事件。按照何塞·多诺索在多年之后进行的有趣但不乏严肃的分类来看，"文学爆炸"有四把交椅，进行这场对谈的二人坐了其中两把，另外两把则由科塔萨尔和富恩特斯占据；在他们身后还站着博尔赫斯、奥内蒂和鲁尔福。（奥内蒂曾在接受采访时表示："我曾被'文学爆炸'拖着走。"）随着这些作家迈开足以席卷一切的步伐，二十世纪的虚构文学再也不是原来的样子了，这也是加西亚·马尔克斯和巴尔加斯·略萨的对谈让我们动容之处，他们率真地谈论身边发生的事情，甚至还有些惊讶，就像两只互相发问"进化是什么鬼东西"的年轻翼龙一样。将《百年孤独》当成新书去谈论，而它至今也依然被摆在新书柜台上：这对我们来说真是太奇怪了。看到巴尔加斯·略萨热情洋溢地评论同行的作品更是令我们印象深刻。四年之后，巴尔加斯·略萨出版了明晰而深刻的评论作品《弑神者的历史》，我们认为那本书的内容正是他对自己在利马这场对谈中阐述的某些观点的扩充和深化。

从当时的巴尔加斯·略萨身上已经可以看到他如今的样子了：一名小说家兼评论家，对自己的职业有深刻的认识，手上总是拿着一把用来"解剖"文学作品的"手术刀"。在巴尔加斯·略萨身边，加西亚·马尔克斯努力捍卫自己凭直觉写作的叙事者的形象，我们几乎可以用"原始"这个词来形容他，他对理论方面的东西有些神经过敏，似乎也不太擅长解读自我或他写的书。当然了，事实并非如此：加西亚·马尔克斯很清楚工具箱中每把螺丝刀的作用。和每个伟大的小说家一样，他对阅读的艺术驾轻就熟：他在这场对谈中提到的关于威廉·福克纳对他本人乃至对拉丁美洲新小说的影响的内容,值得学者用长达数百页的论文去研究。此外,这场对谈也展现出理解小说家职业的两种方式。诗学观点自然是体现两人性格的因素之一,另外读者们也可以从这场对谈中发现一种明显的对比。一方面,巴尔加斯·略萨表现得极为慷慨,尽管他的行李箱里还装着刚刚到手的罗慕洛·加列戈斯文学奖,可他甘愿担当采访者的角色,把主人公的位置让给了加西亚·马尔克斯;另一方面,加西亚·马尔克斯则显得有些羞涩,像惯常一样讲了些笑话[1]、犀利的短句和看不出明显意图的夸张话语。举个例子,加西亚·马尔克斯坚称自己在青年时期就已经想好了《百年孤独》的第一段,而且和后来正式出版的版本一模一样,我们知道他肯定是在撒谎。可那种谎言只是他独特而犀利的叙事风格的延续,他从那时起已经想要刻意且谨慎地把自己打造成传奇了。

《拉丁美洲小说》[2]曾绝版多年。在市面上只能偶尔找见盗版书、授权状况存疑的版本或是地下流通的版本。我曾是此书的受益者,也推动了上述版本的流

---

[1] 原文为法语。
[2] 本书1968年首版书名为《对谈:拉丁美洲小说》。

通。我当时二十一岁，心里只有一个念头：我要学习写作。一个售卖稀有图书的波哥大书商向我提到了这本书，他用神谕般的口吻对我说，我能从这本书里学到的关于小说写作的知识肯定要比在任何文学院系里能学到的多。他说在市面上不可能找到这本书。我十分焦虑，于是他提出可以把自己手头的那本复印一份给我。任何一个曾在二十岁时拥有强烈文学抱负的人都能理解我接受他提议的做法，因为没人知道那些能使自己发生转变的文字隐藏在什么地方，唯一的解决方法就是不放过任何机会，穷尽一切可能。如今，四分之一个世纪过去了，我感到无比满足，因为我有机会介绍这些被寻回的文字，现在这些文字看起来就像是某场海难事故的幸存者，我确信它们肯定能启蒙、激励某位读者——也许还有某位未来的小说家，就像它们当年在我身上发挥的作用一样。

胡安·加夫列尔·巴斯克斯[1]

二〇一九年五月

---

[1] 胡安·加夫列尔·巴斯克斯 (Juan Gabriel Vásquez, 1973—)，哥伦比亚小说家，代表作有《废墟之形》《坠物之声》《名誉》《告密者》等。

第一次，也是最后一次

还差一百四十个小时。位于赫尔瓦西奥－桑迪亚纳街的那家诊所的那个房间已经被隔了出来,帕特丽西娅[1]将在那里诞下贡萨洛·加夫列尔[2],尽管他们一开始计划让这个孩子在伦敦出生。那天中午,孩子的父亲穿了一身完美无瑕的黑色西服套装,打着黑色领带,配了件白色衬衫,深褐色的头发梳得十分服帖,正在前往位于卡西米罗·乌略阿路的国立工程大学的途中,他离那里还有十三公里路程。他坐在车子后排,翻看着笔记,到了塔克纳大街时,他不带感情地用余光瞥了一眼《纪事报》报社的大门,心想:

---

[1] 巴尔加斯·略萨的第二任妻子,两人共育有两儿一女。
[2] 巴尔加斯·略萨的二儿子。

"就是这里。"①

那个星期二,女游击队员"塔尼亚"②的尸体还在马西古里河中逐渐分解,她蓝色包袱里存放的五颜六色的小石头也已四处散落,在玻利维亚的瓦砾堆中,埃内斯托·格瓦拉喘着粗气,可依然信心十足地在他的日记中写道:"今天没发生什么新鲜事。"可实际上那天的新鲜事是他只剩下三十二天可活了。在斯德哥尔摩,瑞典文学院正在商议将诺贝尔文学奖第一次颁发给来自拉丁美洲的小说家,那个危地马拉作家③在年纪轻轻、默默无闻时曾为了在巴黎大学旁听保罗·里维④的课而中断了小说《恶囊》的创作,当时那位民族学家正在讲一门关于玛雅文明的课程,他一见到那个危地马拉小伙就停止了授课,观察了小伙一会儿,走近碰了碰,然后指着说道:"这是我这辈子第一次见到真正的玛雅人。"听完这话,那位危地马拉小伙就走了,继续投入小说创作中,那部小说最终出

---

① 这里的描写模仿了巴尔加斯·略萨的长篇小说《酒吧长谈》的开头。
② 即阿根廷裔德国人塔玛拉·邦克(Tamara Bunke),与切·格瓦拉一同在玻利维亚遇害的女游击队员。
③ 指米格尔·安赫尔·阿斯图里亚斯(Miguel Ángel Asturias, 1899—1974)。
④ 保罗·里维(Paul Rivet, 1876—1958),法国民族学家。

版时的书名是"总统先生"。在布宜诺斯艾利斯，一场婚礼正在筹备中，新郎是豪尔赫·路易斯·博尔赫斯，他还剩下十六天的单身生活，等待他的将是为期三年的不幸婚姻，后来他列出了希望离婚的二十七个理由。在利马，在帕斯塔萨街上的那栋老房子里，维多利亚·圣塔克鲁斯[①]正带着二十个非洲裔秘鲁人跟随着维森特·巴斯克斯和阿道夫·塞拉达的吉他以及罗纳尔多·坎波斯的箱鼓的节奏排练舞蹈，场景是一条典型的利马窄巷，他们将在塞古拉剧场进行演出。也正是在那个时刻，奥维多[②]在酒店大堂的一根柱子后面找到了话务员和阿拉卡塔卡美丽姑娘之子[③]：

"终于找到你了，咱们要迟到了。"

"我刚才还想着要是你找不到我就好了。"

那个四十一岁的男人距离国立工程大学的路程更短：位于拉克尔梅纳大道核心位置的克利翁酒店离那里只有三公里远。那条大道是利马市中心的法式街

[①] 维多利亚·圣塔克鲁斯（Victoria Santa Cruz, 1922—2014），非洲裔秘鲁舞蹈家、作曲家、社会活动家。
[②] 何塞·米格尔·奥维多（José Miguel Oviedo, 1934—2019），秘鲁作家、文学评论家。
[③] 指加西亚·马尔克斯。

区，他和梅塞德斯在前一天下榻了那家酒店。那天早晨，他与来自《商业报》《纪事报》和《快报》的三位记者见了面，他有些后悔接受了一场公众活动的邀请，他当时没抵抗住奥维多极具说服力的说辞："你只管跟马里奥聊天，就当听众不存在。"

国立工程大学建筑系的报告厅早就被挤得水泄不通，三百把木质座椅已经被坐得发烫，除了大学生之外，现场还有各个年龄段的听众，他们焦急地等待着，几乎要冲破围栏侵入舞台了，他们在罗慕洛·加列戈斯文学奖星光璀璨的得主和《百年孤独》闪耀夺目的作者即将进行对谈的长桌旁围成了圈。那个写出了三个月内售出三万册的小说的哥伦比亚人究竟是谁？那时还很少有人知道这个问题的答案，因为《百年孤独》才刚刚开始在利马的书店里流通，不过在《阿马鲁》杂志——它的诗人主编[1]正坐在舞台一角，他的手帕将灰色西服衬得闪亮——第一期上曾刊登过小说的一个片段，秘鲁读者才因而得以比世界上其他地区的读者更早领略到它的风采。

---

[1] 指埃米利奥·阿道夫·威斯特法伦（Emilio Adolfo Westphalen，1911—2001），秘鲁诗人、散文家。下文还有提及。

一九六七年九月五日，星期二，当指针指到十三点三十分，马里奥·巴尔加斯·略萨和加夫列尔·加西亚·马尔克斯之间的对谈开始了。

两人刚刚认识五个星期。只有五个星期吗？他们就像已经认识了至少五年的老朋友。也许这是因为他们早在二十个月之前就开始互相写信了。哥伦比亚作家先动了笔："我终于通过路易斯·哈斯①搞到了你的地址，墨西哥没人知道你住在哪儿，尤其是现在卡洛斯·富恩特斯跑到鬼知道欧洲的哪片林子里去了。"这就是开启两人书信往来的信件的开头，信的落款是一九六六年一月十一日。那些信件在两人之间建立起了亲密的友情和同好间的关系，这让两人在加拉加斯机场第一次见面后立刻就熟络了起来。

"我们是在他的航班抵达加拉加斯机场的那个晚上认识的；我从伦敦来，他从墨西哥来，我们的航班几乎是同时落地的。在那之前我们通过几次信，我们甚至曾计划两人合写一部小说——一部关于一九三一年哥秘两国间爆发的那场令人悲喜交加的战争的小

---

① 路易斯·哈斯（Luis Harss, 1936— ），智利文学评论家，现居美国，代表作有《我们的作家》等。

说,不过那次是我们真正意义上的第一次见面。我还清楚地记得那天晚上见到他时的场景:坐飞机的恐惧令他变了脸色——他一向非常惧怕坐飞机,又被围住他的记者和摄影师搞得很不舒服。我们交上了朋友,在大会进行的两个星期里一直一起行动,那段日子里的加拉加斯气氛庄严,人们正忙着埋葬尸体、移除地震后的残垣断壁。"

马里奥·巴尔加斯·略萨提到的那场持续了三十五秒的地震于一九六七年七月二十九日二十点零五分发生在加拉加斯,也就是两人见面的六天之前。尽管震灾惨烈,造成二百三十六人死亡和两千人受伤,但颁奖典礼还是如期进行了,在典礼上,罗慕洛·加列戈斯将以他名字命名的奖项颁给了马里奥·巴尔加斯·略萨,后者凭借《绿房子》成为该奖项的首位得主。胡安·卡洛斯·奥内蒂屈居次席,他的参选作品《收尸人》中也有一家妓院,但是没有乐队。

这个奖项让马里奥·巴尔加斯·略萨成了当时已经开始被冠以"文学爆炸"名号的那场运动中当之无愧的主将之一,在领奖时,他发表了一场演说,演讲稿的内容和它的标题一样既具有启迪性又富有激情:

《文学是一团火》。在他演讲的过程中，坐在听众席上的加西亚·马尔克斯心想那是篇完美的文章，而何塞·米格尔·奥维多则屏住呼吸，就等着为他在拉萨耶中学的老同学起立鼓掌的时刻。

何塞·米格尔·奥维多当时三十三岁，已经获得了一个戏剧奖，并且出版了三部散文集，当时担任国立工程大学文化推广处的负责人，他是那场在建筑系举办的对谈的主要组织者。他安排了那场活动，向在场听众介绍了两位作家，并且很有预见性地录下了对谈内容，由于涉及主题过多，对谈在两天后，也就是九月七日的十三点在同一场地继续进行。那个星期四，在《商业报》当日报纸的第二十三页可以读到题为"我的作品的历史"的演讲活动预告，那位哥伦比亚作家将于当天十九点十五分在秘鲁文化之家发表演讲，该机构位于安喀什街区古老的皮拉托斯之家内。对谈活动达到高潮，但报上的预告并未兑现。

阿古尔托之家位于赫苏斯－玛利亚区哥斯达黎加街123号，占地约三百六十平方米，于一九五四年建成，设计者是房子的主人、建筑师圣地亚哥·阿古尔托·卡尔沃，他曾在一九六六年至一九七〇年间任国立工程大学校长。建筑第一层被划分为十一个区域，不过受邀参加星期五宴会活动的嘉宾只在其中三个区域里活动：客厅、餐厅和花园。不断有人在门廊处穿行进出，有些是与活动无关的人，有些是摄影师，还有些是房子里的用人，房子主人和他的夫人丽娜·露丝·马齐尼也在场，此外还有画家费尔南多·德西斯罗、女诗人布兰卡·巴雷拉、两位明星加西亚·马尔克斯和巴尔加斯·略萨、诗人古斯塔沃·巴尔卡塞尔、埃米利奥·阿道夫·威斯特法伦，这次他的手帕衬托着一套深蓝色西服，还有奥维多、梅塞德斯和帕特丽西娅，帕特丽西娅穿着件带三颗纽扣的厚外套，可它仍不足以遮盖住她隆起的腹部，再过六十个小时，她就要生下贡萨洛·加夫列尔了。

加西亚·马尔克斯引发的反响已经远远超过了数月之前比他更早踏上利马土地的那些作家：卡洛斯·富恩特斯、尼卡诺尔·帕拉、豪尔赫·路易斯·博尔赫斯和阿尔瓦罗·穆蒂斯。只有一九六六年聂鲁达来访时的声浪可与这位哥伦比亚作家相媲美。

加夫列尔·加西亚·马尔克斯于一周后离开了利马。那是他第一次来到利马，也是最后一次。他的那趟旅程留下了诸多报刊文章、照片、逸事、签名图书和一场让人难以忘怀的对谈，多亏奥维多从中周旋，对谈内容得以在次年出版，然后在接下来的五十年里不断在拉丁美洲被盗版翻印。机场中的离别时刻被一张照片永久定格了下来：在照片里，加西亚·马尔克斯把手搭在巴尔加斯·略萨的肩膀上，而后者则笑眯眯地看着加西亚·马尔克斯，同时玛尔塔·里维利、梅塞德斯·巴尔恰和何塞·米格尔·奥维多也在注视着他们二人。帕特丽西娅没在照片里出现：她刚刚在赫尔瓦西奥－桑迪亚纳街上的那家诊所里诞下贡萨洛·加夫列尔，他是马里奥·巴尔加斯·略萨的儿子，也是加夫列尔·加西亚·马尔克斯的教子。

离去之前，当移民事务负责人莫拉莱斯·杜阿尔特往加夫列尔·何塞·加西亚·马尔克斯护照第十九页上加盖与惯用的蓝色和紫色印章不同的红色大印章时，奥维多捕捉到了话务员和阿拉卡塔卡美丽姑娘之子签名时的画面，加西亚·马尔克斯左手托着封面是大船和森林的首版《百年孤独》，右手在书上写下："献给玛尔塔和何塞·米格尔，纪念在这座大城市里度过的这段难忘岁月，也为了我们永不终结的友情。"

同奥维多的友情持续了下去，更重要的是同马里奥的友情也将得到进一步的巩固。最美好的岁月即将到来，尽管友情破裂的倒计时已经开始：八年五个月零一天。[1]

路易斯·罗德里格斯·帕斯托尔
利马桥下区，二〇一九年五月二十三日

---

[1] 指1967年9月11日加西亚·马尔克斯离开秘鲁至1976年2月12日两人友谊破裂。

前言*

---

* 这篇由何塞·米格尔·奥维多撰写的文字曾作为前言出现在本书首版《对谈：拉丁美洲小说》中（利马，卡洛斯·米亚·巴特雷斯出版社／国立工程大学，1968，pp.5-6）。——✱均为原注。

一九六七年九月，国立工程大学邀请到了哥伦比亚小说家加夫列尔·加西亚·马尔克斯至利马出席活动。短短几个月前（五月），加西亚·马尔克斯刚刚在布宜诺斯艾利斯出版了他的小说《百年孤独》，小说同时获得了评论家和大众读者的赞誉，这在拉丁美洲文学界并不常见。尽管加西亚·马尔克斯在这之前已经出版了三部长篇小说和一部短篇小说集，但可以确定地说他是凭借这部小说成为大众读者关注的焦点并获得国际声望的，他成了拉丁美洲文坛最受关注的人物，也成了拉丁美洲文学界最闪耀的明星，成了鲜活的传说。在那股热情的浪潮——当然了，十分合理——的推动下，作者离开了居住多年的墨西哥，他就是在那里平静而勤劳地写作，最终写出了《百年孤独》。他前往布宜诺斯艾利斯，享受胜利的荣光，他在那里受邀成为"南美头条"小说奖评奖委员会成员。在他结束布宜诺斯艾利斯行程后，国立工程大学有幸邀请他至利马做客。

在那段日子里，小说家马里奥·巴尔加斯·略萨也在国内待了几周，他刚从加拉加斯归来，在那里同样取得了重要的个人荣誉：凭借《绿房子》获得了罗慕洛·加列戈斯文学奖，他那备受赞赏、优秀绝伦的叙事文学作品获得了新的认可。趁着拉丁美洲小说界两位无可争议的领军人物均身处利马，国立工程大学决定组织一场别开生面的活动，它突破了常规性的讲座和圆桌会议的界限：请加西亚·马尔克斯和巴尔加斯·略萨做一场"公开答疑"活动，请他们进行一场对谈，揭示小说创作、性格特征、私人经历等层面中常被忽视的各方面内容，两位作家都要就这些话题阐述观点。实际上，巴尔加斯·略萨扮演了发问者的角色，而加西亚·马尔克斯则是回答者（不过两人会时常互换角色）。那场由国立工程大学文化推广处组织的活动于九月五日在建筑系的报告厅举行，吸引了大量听众到场。对谈活动持续的时间超过预期，而预先准备的一些话题还没有谈到，于是我们决定在两天后举行第二场对谈，以期将准备的内容全部讨论完毕。

考虑到这是两位作家的首次对谈活动，对谈内容具有极高的价值，国立工程大学和米亚·巴特雷斯出版社希望共同将之出版，以期将有关我们文学的知识及研究传播下去。我们在录音文件的基础上做了大量工作，在两位作家的帮助下对录音文本进行了一些修改，才得以在这里呈现最终版的对谈内容。这些文字不仅展现了《百年孤独》与作者私人记忆之间的联系——这也是那部小说的成书背景，以及加西亚·马尔克斯的文学抱负，更重要的是展现了两位作家不同的性格特征：巴尔加斯·略萨总是十分严格，擅长理论化的东西，在争议面前表现得有条不紊，而加西亚·马尔克斯总是带着自相矛盾的强烈幽默感，言语睿智而具有讽刺性，显得充满活力。

我们确信这本书将有助于更好地理解拉丁美洲小说家的现状，品评如今小说这一文体在这片大陆取得灿烂成绩的原因。

何塞·米格尔·奥维多

拉丁美洲小说

马里奥·巴尔加斯·略萨、
加夫列尔·加西亚·马尔克斯的对谈
(利马,一九六七年九月五日及七日)

第一部分

马里奥·巴尔加斯·略萨（下文简称"巴尔加斯·略萨"）：有件事经常会发生在作家身上，可我觉得同样的事却不会发生在工程师或建筑师身上。人们经常会自问这样一个问题：作家有什么用？人们清楚建筑师、工程师、医生的作用，但对象换成作家时，人们就疑惑了。甚至那些觉得作家有些用处的人也无法做出具体解释。我想向加夫列尔提的第一个问题恰恰与此有关：请向在场的听众解释一下这个问题，也向我解释一下，因为我有时也会对此心生疑惑。你认为身为作家的你有什么用处呢？

加夫列尔·加西亚·马尔克斯（下文简称"加西亚·马尔克斯"）：我记得我最开始选择当作家是因为我发现自己做不了别的事情。我父亲有家药房，他自然想让我当个药剂师，好子承父业。我当时的理想与他的意愿大相径庭：我想当个律师。我想当律师是因为在电影里，律师总能力挽狂澜、夺取胜利。然而，上了大学之后，我在学业上遇到了许多问题，我这才发现自己也当不成律师。于是我开始写最早的几则短篇小说，在那时，我真的对写作有什么用这一问题毫无概念。我喜欢写作，最开始是因为我写的东西被发表了出来，然后我就发现了之后我曾无数次阐述的那件事情，而且我认为那个想法十分准确：我写作，是为了让朋友们更喜欢我。不过到了后来，在分析作家职业时，在分析其他作家的作品时，我心想文学，尤其是小说，肯定具有某种功能。如今，不知是不幸还是幸运，我认为它具有一种破坏性功能，不是吗？因为就我所知，没有任何优秀文学作品的作用是颂扬既有价值。在优秀的文学作品中，我总能发现某种将已被确立、被强行赋予之事破坏掉的倾向，和助力创造新的生活和社会形式的倾向；总之，是改善人类的生活状态的倾向。我觉得要解释这些对我来说有点困难，因为实际上谈理论不是我的强项。换句话说，我也不是很明白这些事情为何会发生。现在我能确定的是写作是种迫切的志向，拥有这种志向的作家不得不写，只有这样才能摆脱头痛和消化不良的问题。

巴尔加斯·略萨：也就是说从社会层面来看，你认为文学是一项特别具有破坏性的活动。那么另一个有趣的问题就来了，现在请给我们讲讲，你认为文学的破坏性力量，或者说文学在社会领域表现出的不顺从性，是能够以某种方式被作家预见或估量的吗？换句话说，作家在创作短篇或长篇小说时，能够预见他的书在到达读者手中后引发的煽动性、破坏性效果吗？

加西亚·马尔克斯：我认为如果这些东西可以被预见，或者说正在创作中的那本书的破坏性力量和作用是作家刻意为之的话，那么从那一刻起它就注定是一本糟糕的书了。不过我想先强调一下：我们今天在这里谈到"作家"和"文学"时，指的实际是"小说家"和"小说"，否则可能会引起误解，因为实际上我谈论的都是关于小说家和小说的事情。我认为作家总是处于社会冲突中。不仅如此，我感觉写作就是作家用来解决他与其生活环境之间冲突的一种方式。我坐下来写书是因为我想讲个好故事，讲个我喜欢的故事。不过我也有意识形态方面的想法。我认为所有在讲述故事时保持真诚的作家，无论他讲的是小红帽的故事还是游击队员的故事——姑且用两个极端情况举例，任何作家，我再重复一遍，都会有坚定的意识形态思想，这种思想会反映在他的故事里，也就是说，它会给他的故事提供养分，就是从那时起，故事有了我提到的那种破坏性。我认为这种破坏性无法被提前设定，不过它会不可避免地体现在故事里。

巴尔加斯·略萨：这样看来，纯理性的因素在文学创作中并不占主导地位。那么占主导地位的又是哪些因素？决定文学作品质量的到底有哪些东西？

加西亚·马尔克斯：就我而言，我在写作时唯一感兴趣的是读者是否会喜欢故事的概念，而我本人又是否完全认同那个故事。我无法写出脱离我个人经历的故事。现在我恰好准备虚构一个独裁者的故事，从背景环境可以判断那是位拉丁美洲独裁者，我要写的就是关于这样一个人物的东西。这个独裁者有一百八十二岁，大权在握的时间太长了，他已经记不清自己是什么时候开始掌权的了，他的权力太大，已经连发号施令也不需要了，他就那样无比孤独地身处一座巨大的宫殿之中，成群的母牛在大厅里走来走去，咀嚼着肖像画和大主教们的巨幅画像，等等。有趣的是，哪怕这样一个故事也是建立在我个人经历的基础之上。也就是说，将个人经历进行文学加工的方法帮助我表达我想在这本书里表现的东西，即权力那巨大的孤独感；我认为想要表现权力的孤独感，拉丁美洲的独裁者是最好的媒介，他们是我们历史上的神话巨怪。

巴尔加斯·略萨：换个方向来聊吧，我想问一个更私人化的问题，因为我们刚巧聊到了孤独，而我记得孤独是你所有作品共有的主题；你最新的小说甚至就叫"百年孤独"，这很有意思，因为你书里的出场人物总是很多，会有很多角色出现；可是从某种意义上来看，那些书的深刻主题却又都是孤独。你在许多访谈中都回答过这个问题，我注意到你总是会提到一个家人，他在你还小的时候给你讲了许多故事。我甚至记得你在一次访谈中提到了那个家人的死亡，那时你才八岁，你说那是你人生中最近一次发生的重大事件。那么我觉得如果你能讲讲这个家人对你起到了怎样的激励作用、给你的书提供了怎样的素材的话，肯定会非常有趣。先给我们讲讲这个家人到底是谁吧。

加西亚·马尔克斯：回答这个问题之前我得先绕个弯子。实际上我认识的人没有一个从未感受过孤独。这就是孤独的意义，也是它吸引我的地方。我很担心这样说会显得有些形而上学，会显得有些反动，我很担心这会让人们认为我与实际的我完全相反，或是与我希望成为的那类人完全相反，不过我的确认为人类是绝对孤独的。

巴尔加斯·略萨：你认为这是人类的一种特性？

加西亚·马尔克斯：我认为这是人类天性中的基础组成部分。

巴尔加斯·略萨：那么我又有疑问了：我在巴黎一份杂志上读过一篇关于你的作品的长文，它说孤独——《百年孤独》和你之前作品中的重要主题——是美洲人的特性，它代表着美洲人严重的精神问题，人们之间不沟通、不交流，美洲人天生就受到诸多限制的束缚；也就是说，他们注定要与现实产生隔阂和分歧，这使得美洲人感到挫败、残缺和孤独。你怎么看待这种观点呢？

加西亚·马尔克斯：我从没想过这个问题。不过这些东西完全是从无意识中产生的。而且我觉得我正陷入一个危险的领域，那就是试着解释我表达的和我想要在每个人不同方面寻觅的那种孤独。我觉得要是我理解它了，准确地弄清楚它从何而来的话，它对我来说就没什么用处了。举个例子，有个哥伦比亚的评论家针对我的书写了篇十分详尽的分析文章，他说他注意到我书里的女性都代表安全感，拥有常识，维持着家庭运转，保证家人的理智，而男人则做着各种各样的冒险，去打仗、探索、建立村镇，最终总会招致戏剧性的失败，多亏有那些女性角色在家维持传统和基本价值，男人们才能够去打仗、建立村镇、大规模地垦殖美洲的土地。真的是这么一回事吗？读了那篇文章之后，我重新翻阅了之前写的书，我发现他说得没错，我觉得那个评论家对我造成了很大的伤害，因为他恰恰在我创作《百年孤独》时向我揭露了这一切，而这些东西在这本书里同样也有重要体现。书里有个叫乌尔苏拉的人物，她活了一百七十岁，她是真正支撑起全书情节的人物。就这个人物来说，我当时已经完全构思好了、设计好了，我已经不知道我是在按照自己的意志来写，还是为了取悦那个评论家而写。我现在很担心同样的事情会发生在"孤独"这一主题上。如果我成功将它解释清楚了的话，它也许就会变成某种绝对理智、有绝对意识的东西，我也就不会再对它感兴趣了。你刚才提到的一个关键信息让我有点害怕。我以前认为孤独是人类共有的特质，但现在我在想它可能是拉丁美洲人精神问题的产物，这样一来我就是从社会视角甚至是政治视角来描述它了，比我之前预想的视角要宽泛得多。如果真是这样的话，那么这个主题也就不像我担心的那样形而上学了。无论如何我都想要遵从自己的意志去写作，因此这些年来我一直在写"孤独"，可总是担心它有点反动，你能明白吗？

巴尔加斯·略萨：好吧，既然孤独这一话题有些危险，我们就不聊它了。不过我还是对大家都在各种报道里谈论的你的那个家人很感兴趣，你本人也经常提起他。是你的一个姨妈吗？

加西亚·马尔克斯：不是，是我外公。注意，我后来也把他写进书里了。他曾经不得不杀死一个人，那时他还非常年轻。他当时住在一个镇子里，那人似乎让他不胜其烦，而且还来挑衅他，不过他没太理会，直到后来情况变得难以忍受了，他只能简单干脆地给了那人一枪。似乎整个镇子的人都赞同他的做法，死者的一个兄弟在事发当晚一直睡在我外公家门前，以阻止家人前来寻仇。我外公后来难以忍受镇子里针对他的威胁，于是就去了别的地方；也就是说，搬到另一个镇子去了：他带着家人走了很远的路，建立起一个镇子。

巴尔加斯·略萨：这很像《百年孤独》的开头，第一代的何塞·阿尔卡蒂奥杀死了一个男人，他感到内疚，感到良心不安，那种感觉非常可怕，它迫使他离开居住的村子，穿越山林，建立了神话般的马孔多。

加西亚·马尔克斯：没错。他走了，建立了一个村子，外公对我说过的话里我印象最深的一句是："你不知道死人的分量有多重。"还有件事我也永远都忘不了，我认为它与身为作家的我关系密切，那是在一天晚上，外公带我去马戏团，我们看到了一头单峰驼。回到家后，他打开词典，对我说："这是单峰驼，这是大象，这是单峰驼和双峰驼之间的差别。"最后，他给我上了一堂动物学课。我就是从那时开始学会使用词典的。

巴尔加斯·略萨：他对你产生了巨大的影响，在他身上发生的事情以某种方式被写进了你最新的小说里。现在我想知道你是从什么时候开始想要把外公给你讲的那些事情变成文学故事的？你是从什么时候开始决定把所有那些记忆和个人经历写成短篇或长篇小说的？

加西亚·马尔克斯：写完两三本书后我才意识到我在使用那些经历。实际上不光是外公，他出力建成的那个镇子里的那一整栋大房子都给我提供了灵感，那是栋巨大的房子，居住其中就相当于生活在神秘之中。那栋房子中有个空房间，佩特拉姨妈就死在里面。还有另一个空房间，拉萨洛舅舅死在里面。于是，到了晚上，人们就不能在大屋里走动了，因为死人比活人还多。到了晚上六点，他们就让我坐在角落里，对我说："你别离开这儿，如果你乱走的话佩特拉姨妈就会从她的房间过来，或者另一个房间里的拉萨洛舅舅就会过来。"我就总是那样坐着……在我的第一部长篇小说《枯枝败叶》里就有这样一个人物，他是个七岁的小男孩，在整本书里他都一直坐在一把小椅子上。现在我才反应过来那个小男孩身上有一点我自己的影子，坐在小椅子上，身处充满恐惧的房屋之中。我还记得一件事，很能说明那栋老房子的氛围。我有个姨妈……

巴尔加斯·略萨：抱歉，我打断一下……这些事是发生在你出生的小镇阿拉卡塔卡的吗？

加西亚·马尔克斯：没错，正是阿拉卡塔卡，我出生的小镇，现在人们倾向于认为那里就是马孔多，对吗？大家还觉得那里就是所有故事发生的地方。我继续讲，我有个姨妈，读过《百年孤独》的人肯定一下子就能从书中人物里认出她来。她是个很活泼的女性，整天在那栋大房子里忙这忙那，有一次她坐着织起了寿衣，于是我问她："你为什么要织寿衣呢？""孩子，因为我就要死了。"她回答道。她给自己织寿衣，衣服刚做好，她就躺倒死去了，于是人们给她穿上她自己织的寿衣。她是个很奇怪的女人。还有一个奇怪的故事也与她相关：有一次，她正在走廊上做针线活，一个小女孩捧着一颗奇怪的鸡蛋来了，因为上面有块凸起。我不知道为什么镇子里的人一碰到怪事就来我家咨询。每次人们碰到不明白的事情就来到我们家询问，而这位太太，也就是我的这位姨妈，总能给他们答案。我喜欢她解决那些问题时表现出的自然态度。让我们回到那个女孩身上，女孩说："您瞧瞧，为什么这颗蛋上有块凸起呢？"她看了看那颗蛋，说道："啊，因为这是蛇怪的蛋。在院子里烧堆火吧。"大家把火点着，然后无比平静地把那颗蛋烧掉了。我认为那种自然的态度给予我写《百年孤独》的密钥，在那本书里，哪怕是再可怕、再非同寻常的事情，也要用那位姨妈说烧掉蛇怪之蛋的冷静口吻去讲，尽管我始终没搞清楚那是怎么回事。

巴尔加斯·略萨：你给我们讲的这个例子从某种程度上证明了你的看法：作家总是以个人经历为出发点进行创作。不过还没读过《百年孤独》的读者可能会有这样的印象，他们会觉得你写的都是自传性的东西，在《百年孤独》里，除了在加夫列尔的外公身上发生的事情或者在外公讲述给童年加夫列尔的故事之外，还有些很让人吃惊的情节：载着女孩在城市上空盘旋的飞毯；连身体带灵魂升天的女人；还有一对情人，只要一做爱，就会向周围传播惊人的繁殖力；还有无数类似的奇幻、惊人、让人难以置信的桥段。毫无疑问，作家会在他们的书中使用个人经历作为原材料，但他们的作品里肯定也有另一部分内容是源自想象的，或者源自我们所说的文化因素。我想请你给我们谈谈后一种情况，也就是说，有哪些阅读经历对你的创作产生了巨大影响呢？

加西亚·马尔克斯：我很了解巴尔加斯·略萨，我知道他想把我引向哪方面。他想让我说所有那些情节都来自骑士小说。他有一定的道理，因为我最喜爱的书之一，我至今仍在带着巨大敬意阅读的书之一，正是《阿玛迪斯·德高拉》[①]。我认为它是人类有史以来写出的最伟大的文学作品之一，尽管马里奥·巴尔加斯·略萨认为《骑士蒂朗》更配得上这一赞誉。不过这不是我们要讨论的问题。你肯定记得，在骑士小说

[①]《阿玛迪斯·德高拉》与下文提及的《骑士蒂朗》都是西班牙骑士小说的代表作。

里，就像我们之前某次讨论的那样，只要故事情节需要，骑士的脑袋想掉几次就掉几次。在第三章发生了一场大战，需要骑士掉脑袋，于是骑士就掉了脑袋，等到了第四章脑袋又长回去了，如果需要的话，他的脑袋还可以在另一场战斗中再掉一次。这种自由叙事的写法随着骑士小说一起消失了，骑士小说里有太多类似的超出常识的情节，它们和我们在拉丁美洲每天都会遇见的事情一样神奇。

巴尔加斯·略萨：我在《百年孤独》的一个章节里读到了一个地名，我觉得它很重要，是你刻意放在那里的，就像你经常会把其他作家笔下的人物放到作品中一样，那些作家要么是你的朋友，要么是你崇敬的人，要么就是想在书里偷偷向他致敬的人。在读到奥雷里亚诺·布恩迪亚上校发动三十二场战争的故事时，我发现这位上校签署协约的地点叫尼兰迪亚；我觉得这个名字很有骑士小说的味道。我甚至觉得在《阿玛迪斯·德高拉》的某处曾出现过以此命名的城市或村庄。于是我想那也是在致敬，你想为那本遭到如此多诋毁的骑士小说挽回名誉。

加西亚·马尔克斯：不，这实际上是个统一性的问题,换句话说,拉丁美洲的现实和骑士小说之间的联系实在太紧密了,人们随时可能陷入类似于你提出的这种猜想里去。可事实是哥伦比亚内战的确以尼兰迪亚协定的签署而告终。还有另一件事。读过我的书的读者会发现马尔伯勒公爵[①]以奥雷里亚诺·布恩迪亚上校助手的身份输掉了哥伦比亚内战。事实上在我小时候,我们这些小孩子都会唱这样一首歌,"曼布鲁去参军",不是吗?我问外祖母曼布鲁是谁,他去打的是什么仗,外祖母显然毫无头绪,但她还是说那个人是和我外公一起打的仗……后来我才发现曼布鲁就是马尔伯勒公爵,可我还是觉得外祖母的版本更好,于是我就那样把他写进了书里。

《百年孤独》里还有个很引人注意的情节,一个很漂亮却很傻的姑娘到花园里收床单,可突然之间她就连身体带灵魂升天了。要解释这个情节实际上非常简单,事实要比人们想象的单纯得多。《百年孤独》里的美人儿蕾梅黛丝是有原型的。现实中的那个姑娘

[①] 指约翰·丘吉尔(John Churchill,1650—1722),英国军事家、政治家。"曼布鲁去参军"是一首法国童谣的西班牙语版本,创作于西班牙王位继承战争的马尔普拉凯战役后。尽管法国军队在该战役中落败,但他们坚信敌人约翰·丘吉尔也已阵亡,为此创作了这首讽刺童谣。

和一个男人私奔了,她的家人不想蒙羞,就以无比平静的口吻对外宣称他们看见她在院子里收床单,然后就升天飞走了……在写作时,我实际上更喜欢那家人提供的那个版本,也就是家人为了免遭羞辱而扯的那个谎,比起现实来,我更喜欢那个版本,因为姑娘和男人私奔这种事每天都在发生,没什么趣味可言。

巴尔加斯·略萨:也许你可以跟我们聊聊文学中的现实主义。人们不断讨论现实主义到底是什么、现实主义的界限在哪里等问题,现在你的这本书摆在我们眼前,书里发生了许多非常真实可信的事情,同时也有许多明显不真实的内容,例如你刚才提到的升天飞走的姑娘,或是发动三十二场战争的男人,他输掉了所有战争,最终却安然无恙……好吧,总体来看,可以说在你的书里有一些不太可能在现实生活中发生的事情,一些充满诗意和幻觉的事件,我不知道能否据此判断这是一本幻想文学作品,或者说非现实主义的作品。你认为自己是现实主义作家还是幻想文学作家呢?或者说你认为压根就无法做出类似区分?

加西亚·马尔克斯:不,不。我认为我是现实主义作家,尤其是在《百年孤独》里,因为我觉得在拉丁美洲一切皆有可能，都是现实。这是个技术问题，作家很难把在拉丁美洲真实发生的事情写进书里，因为会显得不真实。不过我们这些拉丁美洲作家一直没有发现外祖母讲述的故事里也有许多奇思异想，可听故事的孩子们觉得那都是真的，我觉得那些故事对孩子们的成长也是有好处的，都是些离奇的故事，就像《一千零一夜》里的那些，不是吗？我们的生活中到处都是奇妙的东西，而作家们却坚持给我们讲些在日常生活中毫不重要的事情。我认为我们得花工夫研究语言、写作技巧和形式，这样才好把拉丁美洲现实中所有奇幻的东西融入作品里，也才好让拉丁美洲的文学真正能够反映拉丁美洲的生活，这里每天都在发生着最奇妙的事情，例如上校们发动了三十四场[1]内战，而且全都输了，或者再举个例子，萨尔瓦多的那位独裁者，名字我一时想不起来了，他发明了一种摆锤，来检测食物是否被下了毒，他用摆锤来测试汤羹、肉和鱼。如果摆锤往左摆，他就不吃，如果往右摆，他就吃。同时这位独裁者还是个通神论者。当时萨尔瓦

---

[1] 加西亚·马尔克斯口误，应为三十二场。

多国内爆发了天花病，他的卫生部长和顾问们告诉了他正确做法，可他却说："我知道该怎么做：用红纸把全国的路灯都包起来。"于是有一段时期，萨尔瓦多所有的路灯都被裹上了红纸。在拉丁美洲每天都在发生这种事情，可我们这些拉丁美洲作家坐下来写作时，不仅没有把它们当作现实，反倒为此争论不休，试图把它们变成某些合乎理性的东西，我们这样说道："这不可能，事实是那人是个疯子。"诸如此类。我们开始给出一系列理性解读，却篡改了拉丁美洲的现实。我认为我们应当正视它，它也是一种现实形态，可以给世界文学带来一些新的东西。

巴尔加斯·略萨：你的书里有个细节曾让我很惊讶，《百年孤独》里几乎所有的人物都和别人重名，所有这些名字都重复出现。男人们叫何塞·阿尔卡蒂奥或奥雷里亚诺，女人们则叫乌尔苏拉。这是为什么呢？这是有意为之，还是说是某种下意识的写法呢？

加西亚·马尔克斯：在场有人的名字和他父亲的名字没有关联吗？

巴尔加斯·略萨：好吧，我提到这个细节是因为你给我介绍你弟弟时让我吃了一惊，因为他也叫加夫列尔，和你同名……

加西亚·马尔克斯：你看，我是十二个兄弟姐妹①里的老大，我十二岁就离开了家，再回家时已经是大学生了。我弟弟就是在那期间出生的，于是我母亲说："好吧，我们失去了第一个加夫列尔，但我还是希望家里有个加夫列尔。"我觉得我们该做的就是接受看到的事情，而不要试着去解释它们。我当然可以继续去解释《百年孤独》里所有那些看上去神秘而独特的事情，它们自然也会有完全现实主义的解释，就像我最小的弟弟也叫加夫列尔一样。

巴尔加斯·略萨：我觉得我们现在已经提到两项写作的固定要素了，作家就是以它们为基础进行创作的：个人经历和文化经验，也就是作家读过的东西。不过在你的书里，除了巨大的幻想成分外，除了饱满的想象力和对小说技巧的高超掌控力之外，还有两种因素令我印象很深：《百年孤独》里不仅有略显不真实的现实——它是这部小说的基础色调，还存在着一种历史性、社会性的现实。也就是说，奥雷里

---

① 加西亚·马尔克斯父母的婚生子只有十一个。

亚诺·布恩迪亚上校发动的那些战争代表或移植了哥伦比亚的一个历史时期。那已经不再是纯虚构的世界了，而是与非常具体的现实有所关联。马孔多，那些奇妙事件发生的小镇，也能展现拉丁美洲的问题；在马孔多，香蕉种植业先是吸引了冒险者，然后是外国公司。我认为你用书中的一个章节天才地描绘了拉丁美洲的殖民剥削问题。这也是你的作品中的新要素。我希望你能向我们解释一下这一点。

加西亚·马尔克斯：关于香蕉园的故事是完全真实的。事实上，在拉丁美洲的现实中存在着一种奇怪的命运：像香蕉园这个例子一样残酷、让人痛心的事情最终甚至会趋向变成幻象。世界各地的人开始随着香蕉公司一起来到小镇，这很奇怪，因为在哥伦比亚大西洋沿岸的那个小镇里有段时期可以听到人们用所有语言交谈。人们彼此无法交流，不过经济繁荣了起来——我是指那些人理解的那种"繁荣"，人们甚至边跳昆比亚舞边焚烧钞票。一般跳昆比亚舞时手里要拿根蜡烛，但是香蕉种植园里的短工和长工用点燃的钞票取代了蜡烛，因为香蕉园里的短工每个月可以赚大约二百比索，而镇长或法官每月工资只有六十比索。这样一来，真正的权威就不存在了，权威也成了可以买卖的东西，因为香蕉公司只要掏点钱出来贿赂他们一下，就能掌控司法和权力体系。后来到了某个时刻，所有人都开始觉醒了，有了工会意识。工人们开始要求基本保障，因为香蕉公司提供的所谓医疗服务只是给所有患者发蓝色小药丸。患者排着队，一个护士负责给每人嘴里塞一粒蓝色小药丸。你可别对我说那些蓝色小药丸里没有蕴含着深刻的诗意……之后这种情况成了饱受批评又非常日常化的事情，连小孩也在诊所前排起了队，就为了被塞一粒蓝色小药丸，他们会把药丸从嘴里取出来，带在身上，好在玩彩票游戏时用作筹码。后来到了某个时刻，人们要求改善医疗条件，要求在工人宿舍区建些厕所，因为在那之前每五十人共用一间移动厕所，而且每年圣诞节才更换一次……还有另一件事：香蕉公司的轮船抵达圣马尔塔，装上香蕉，然后驶往新奥尔良；但总是空船回航，因此回程就一直是赔本买卖。香蕉公司解决这个问题的办法很简单，就是让轮船运些商品回来，于是公司不再给工人发钱，而是给他们发放取款凭证，让他们到公司办公室取款。他们在那里领到的是些代金券，可用于在公司创办的商铺购物，那里卖的自然只有那些轮船运回来的商品。工人们要求香蕉公司支付现金，不接受商铺购物代金券。他们组织了一场示威游行，停下了一切工作，政府不仅没有努力改善局面，反而派了一支军队过去。军方把示威者集中到火车站里，工人们以为某个部长会前来进行协调工作，没想到却在火车站被军队团团围住，军队给他们五分钟时间解散。没人离开，于是军队就把他们屠杀了。

我想对你说，书里提到的这件事发生十年之后我才听说了此事，我找到了一些人，他们有的对我说事情千真万确，有的则说它子虚乌有。有些人说："我当时就在现场，我知道没有死者；人们和平散去了，什么事都没发生。"而另一些人说惨案发生了，有些人死了，说那是他们亲眼所见，说某个叔叔就死在那里，他们坚持着这些说法。但重点是在拉丁美洲，只需要颁布某项法令就可以让人们遗忘造成三千人丧命的大事……这个看上去像是虚构的情节实际上是从日常现实中最悲惨的事件里提炼出来的。

巴尔加斯·略萨：听说有一次巴西政府通过颁布法令取消了一种传染病……

加西亚·马尔克斯：我们又回到这条老路上了：我们开始寻找事例，却发现能找到上千个例子。

巴尔加斯·略萨：也有可能香蕉工人屠杀事件不只是个历史事件，也是……

加西亚·马尔克斯：不仅是历史事件，我的小说还写出了批准屠杀工人的法令编号，和签署法令的将军与他的秘书的名字。这些东西都有据可查。它们被记录在国家档案里，只不过现在人们是在小说里读到这些的，便认为这是夸大出来的东西……

巴尔加斯·略萨：是的，不过关于那场屠杀的情节完全没有任何人工雕琢的痕迹。我认为它完美地融入全书那种略带幻想色彩的氛围中。尤其是那场屠杀的幸存者最后又复活了这一情节——好吧，我们永远无法得知他是真的复活了，还是死去了，抑或只是个幸存者，你在描写时所使用的模糊口吻非常有趣。

加西亚·马尔克斯：我举个例子，在墨西哥没人相信埃米利亚诺·萨帕塔[①]已经死了。

巴尔加斯·略萨：这样看来我觉得我们已经知晓

[①] 埃米利亚诺·萨帕塔（Emiliano Zapata, 1879—1919），墨西哥农民起义领袖。

你用来进行创作的原材料是什么了，即作者用来进行创作的原材料：个人经历、文化经验、历史事件、社会事件。那么现在最大的问题就是如何把所有这些素材、所有这些配料转化成文学……如何借助语言把它们变成想象的现实。

加西亚·马尔克斯：这就是纯粹的技术问题了。

巴尔加斯·略萨：好吧，我的确想聊一点技术问题和语言问题，聊聊你不得不运用的技术……

加西亚·马尔克斯：你瞧，我从十六岁就开始写《百年孤独》了……

巴尔加斯·略萨：我们为什么不先聊聊你的早期作品呢？从第一本开始。

加西亚·马尔克斯：因为第一本恰恰是《百年孤独》……我开始写它，突然，我发现它是个过于沉重的"包袱"。我那时就想坐下来讲述我现在才写出来的故事……

巴尔加斯·略萨：你在那个年纪就已经想讲述马孔多的故事了？

加西亚·马尔克斯：不仅如此，我那时就把第一段写出来了，和现在出版的《百年孤独》的第一段一模一样。不过我发现我还处理不了这个"包袱"。连我自己都不相信我的故事。不过我知道我讲的东西都是真的，我也就意识到了剩下的困难就是纯粹的技术问题了，也就是说，我当时还没掌握写作技巧，语言能力也有所欠缺，因此那些故事读起来不可信、不真实。于是我就暂时放下它了，后来写了另外四本书。我最大的困难始终是寻找让故事显得可信的语调和语言。

巴尔加斯·略萨：所以说你在十七岁时[①]已经有了写这本书的意图，你已经感觉自己是个作家，需要完全靠写作谋生，把文学当作最终使命了吗？

加西亚·马尔克斯：当时发生了一件事，我直到现在才发觉它可能对我的作家生涯具有决定性意义。我们——也就是说我的家人，我们所有人——离开了阿拉卡塔卡，我住在那里时大概八岁或十岁。我们搬去了另一个地方，十五岁时我遇见了母亲，她正要去阿拉卡塔卡卖掉我们刚才谈论的那栋老房子，就是里

---

① 前文加西亚·马尔克斯说的是十六岁，此处及后文提及年龄之处疑为两人口误。但加西亚·马尔克斯在接受采访时会有表述不一致的情况，他曾在其他访谈中提到有意开始创作《百年孤独》的时间为十七岁或十八岁。

面到处都是死人的那栋。于是我自然而然地对她说："我陪你去。"我们来到阿拉卡塔卡，我发现所有东西都还是原来那副样子，却又略有不同，这么说有些诗意。我透过各个房间的窗户向外望去，看到了一件已被我们证实的事情：我们记忆中那些宽大的街道变得窄小了，街道周围的事物也不像印象中的那样高大；房屋完全是原来的模样，不过都被时间和贫穷蚕食了，通过窗户往房子里看，我们看到了和之前一样的家具，只不过比之前又多经历了十五年岁月的洗礼。小镇尘土飞扬、炎热难耐；那是个可怕的中午，一吸气就是一肚子土。镇上正要修建一个自来水蓄水池，大家只能晚上干活，因为白天热得连工具都烫手。那天我和母亲穿越小镇时，就好像是在穿越一座幽灵村落：街上一个人都没有；我当时很确信，母亲看到时间在小镇留下的印迹时也和我一样难受。我们来到街角的一家药店，里面有位太太正在缝衣服；母亲走进去，靠近那位太太，对她说："老姐妹，你还好吗？"她抬起头，两人抱在一起，哭了半小时。她们一句话都没说，就只是哭，一哭就是半小时。我就是在那一刻萌生了这个想法：把小镇上发生的所有事都写下来。

巴尔加斯·略萨：你那时多大？

加西亚·马尔克斯：我当时十五岁。十七岁时我就开始写那个故事了，我发现我写不下去，我还没能掌握足够的技巧，但我已经构思好了完整的故事。所以我需要写完四本书才能搞清楚《百年孤独》要怎么写。因此，最大的困难首先是学会写作。我认为写作能力是有些神秘的，也是与生俱来的，是决定一个人成为作家还是速记员的关键所在。一个人可以在阅读和工作的过程中学习写作，但特别要搞清楚一件事情：写作是一种具有排他性的工作，所有其他东西与之相比都是次要的；一个立志写作的人唯一想做的事情就该是写作。

巴尔加斯·略萨：但是在写书之前你做了不少其他事情，不是吗？最开始，当你无法全身心投入文学中时，你主要从事记者行业。为什么不给我们讲讲在写《百年孤独》之前，你是怎么协调记者工作和文学创作之间的关系的呢？

加西亚·马尔克斯：嗯，不是那么回事。因为我始终觉得那些都是次要工作，是为了填饱肚子而不得不做的事情。我想成为作家，但我需要靠其他工作谋生。

巴尔加斯·略萨：你觉得这些同时进行的工作加大了你实现文学抱负的难度吗？还是说它们对你成为作家提供了帮助和经验并激励了你？

加西亚·马尔克斯：你看，在很长一段时间里我一直觉得那些工作是有帮助的，但实际上所有次要工作都加大了写作事业的难度。如果一个人想当作家，其他所有事情都会让他分心，他会因为自己不得不去做那些事情而感到苦恼。我不同意人们以前的看法：要成为好作家就得做各种各样的工作，还得体验悲惨的生活。我真心认为要是作家的生活和经济问题能得到完美解决的话，他可以写得好得多，如果我们这些作家只能在普普通通的生活条件下写作的话，那么我们的身体越好，孩子和妻子的身体越好，我们写得也就越好。糟糕的经济条件有助于作家写作的说法是错误的，因为作家一心只想写作，如果所有问题都得到解决，那才最好。

还有件事情值得一提：我本可以通过接受奖金和资助的方式来改善写作环境，总之，可以去接受一切被发明出来帮助作家的东西;但我全都断然拒绝了,我觉得我们这些被称为拉丁美洲新作家的人对此达成了共识。胡里奥·科塔萨尔就是个例子,我们相信接受资助有辱作家的尊严,因为所有资助都意味着某些条件限制。

巴尔加斯·略萨:什么类型的资助呢?因为作家为社会所阅读、保护和滋养也是一种间接性的资助……

加西亚·马尔克斯:当然了,在拉丁美洲的体系中会出现一系列问题。但是你、科塔萨尔、富恩特斯、卡彭铁尔和其他许多作家已经通过二十年的奋斗(换一个词就是拼命)证明读者最终是会回应我们的。我们正在证明拉丁美洲作家也可以依靠读者来生存,这是我们这些作家唯一会接受的"资助"。

巴尔加斯·略萨:我觉得是时候聊聊拉丁美洲当代小说家了。人们近来对拉丁美洲小说的"爆炸"谈论颇多,而它毫无疑问是真实存在的。在最近十年或十五年里发生了一些有趣的事。此前,我认为拉丁美洲读者对所有拉丁美洲作家都持有偏见。他们认为只要是拉丁美洲作家就肯定写得不好,除非他能证明自己。如今发生的事情恰好相反。拉丁美洲作家的读者数量显著增长，而且拉丁美洲小说家不仅在拉丁美洲内有让人吃惊的读者数量，在欧洲和美国也很受欢迎。人们在热情地阅读和评论拉丁美洲小说家的作品。这种现象从何而来？到底发生了些什么？你对此有何看法？

加西亚·马尔克斯：你瞧，我回答不了。我也很吃惊……我认为有种现实因素……

巴尔加斯·略萨：我想插一句：我们不能说三十年前的拉丁美洲作家不如当下的拉丁美洲作家写得好，但他们几乎都是"兼职"作家。

加西亚·马尔克斯：没错，那些作家会同时做许多工作。总体来看，他们只在周末写作，或是当有了某些想法——我也不知道他们对此有多强的意识——又恰好不忙的时候才去写。文学是他们的副业。他们在疲惫中写作，因为他们往往要在忙完其他工作后才开始写，投入文学世界中时已经很疲惫了。你很清楚一个人在疲惫的状态下是无法写作的……你得把最好的、精力最充沛的时间用来搞文学才行，这才是最重要的。现在我也搞不清楚所谓的"文学爆炸"现象到底是作家的"爆炸"还是读者的"爆炸"，你说对吗?

巴尔加斯·略萨：你觉得标志着拉丁美洲小说高峰的这场运动主要是因为拉丁美洲当代作家对文学抱负更加严肃，或者说在文学事业上投入得更多，对吗？

加西亚·马尔克斯：我认为就是因为我们刚才提到的那一点。我们已经认定了最重要的事，即追逐成为作家的理想，而读者们也注意到了这一点。当真正优秀的作品出现，读者也就随之出现了。那是很了不起的事情。所以我认为所谓"爆炸"，指的是读者群体的"爆炸"。

第二部分

加西亚·马尔克斯：我不知道该从哪里开始了。我们聊到哪儿了？

巴尔加斯·略萨：我记得我向你提的最后一个问题是关于拉丁美洲当代小说的。我们聊到了最近这些年里拉丁美洲小说家在我们的国家、欧洲和美国取得的成功。我记得当时你回答说你觉得比起小说家的"爆炸"，那更像是读者的"爆炸"。这场拉丁美洲小说的高潮要归因于我们这个时代读者数量的增加以及拉丁美洲读者对本土作家产生的兴趣，而之前的情况并非如此。好吧，我还想问一个与这场"文学爆炸"

及其作家群体相关的问题。除了读者数量增加、读者对本土作家的兴趣增加这些明显的因素之外，从作家本人的视角出发，你认为这场叙事文学高潮在整个拉丁美洲范围内兴起的原因是什么呢？

加西亚·马尔克斯：我有这样一种想法：如果读者去阅读某位作家的作品，我们可以认为读者认同了那位作者。这么看来，我觉得原因就在于我们写的东西刚好满足了当下读者的需求。

巴尔加斯·略萨：我们继续关于拉丁美洲当代小说的话题，还有个情况十分有趣：大部分拉丁美洲"流行"作家都住在国外：科塔萨尔从十二年前开始就住在法国了；富恩特斯现在住在意大利；没记错的话你也有十二年或十四年不在哥伦比亚，类似的例子还有不少。很多人，大多是记者和学生，对此心怀疑惑，而且不无担心。他们时常会问这些作家的自愿流亡行为是否会对他们刻画本国现实造成负面影响；那种距离感，或者说未身处国内的情况，是否会模糊他们的视野，让他们在无意识中扭曲本国的现实。你是怎么看待这个问题的呢？

加西亚·马尔克斯：没错，在哥伦比亚人们已经问过我许多次这个问题了,尤其是大学生。每当他们问我为什么不住在哥伦比亚,我总是回答说:"谁说我不住在哥伦比亚呢?"我想说,尽管我已经在国外生活了十四年,可同时我依然"住在"哥伦比亚,因为我知道在我的国家里发生的一切;我通过信件和剪报与它保持联系,我了解每天在那里发生的各种各样的事情。我不知道如今拉丁美洲所有"流行"作家都住在国外是否是个巧合。就我本人的例子来说,我很清楚自己为何要离开哥伦比亚。我不知道其他国家是不是这样,但是在哥伦比亚,一个人往往在真正开始写作之前就成为作家了;换句话说,他的文学事业刚一露出苗头,他的第一则短篇小说刚发表并获得成功,他就成为作家了。他会因此收获荣耀、受人尊重,可这会给他接下来的写作事业带来许多困难,因为在那时,我们所有人都还得靠做边缘工作或次要工作来维持生计,单靠写书是养活不了自己的。在国外,作家则享受着某种程度的自由。我在巴黎卖过瓶子,在墨西哥写过不署名的电视剧脚本,出国后我可以做自己在哥伦比亚可能不愿做的事情,并且做得很好,要是留在国内的话,我就不知道自己该靠什么维持生计。只要能保证让我继续写作,我什么活儿都愿意干,因为我唯一感兴趣的就是写作,而且事实上无论我身处哪里,我写的都是哥伦比亚小说、拉丁美洲小说。

巴尔加斯·略萨:我想请你再谈谈下面这个话题:你是从哪个层面出发判断自己是个拉丁美洲小说家的?是因为你的小说主题吗?我之所以这么问是因为我想举出博尔赫斯这个特例来。他的大部分作品的主题都很难被认定为与阿根廷相关。

加西亚·马尔克斯:你瞧,我认为博尔赫斯的作品里没有特别拉丁美洲化的主题,我很高兴能聊到这个话题,因为有种普遍的看法认为科塔萨尔不是拉丁美洲作家,我曾经也持相同看法。可是这次一到布宜诺斯艾利斯,我就改变了那种有点"保守"的想法。布宜诺斯艾利斯是一座夹在丛林和大洋之间,南望南极、北靠马托格罗索高原的巨大的欧洲化城市,在了解它之后,我觉得自己仿佛置身于科塔萨尔的某本书中,换句话说,科塔萨尔书中的那些看似欧洲化的东西本来就是欧洲的东西,因为布宜诺斯艾利斯受到了欧洲的巨大影响。走在布宜诺斯艾利斯街头,我感觉科塔萨尔笔下的人物随处可见。不过，尽管我觉得科塔萨尔是个地道的拉丁美洲作家，博尔赫斯依然没给我同样的感觉……

巴尔加斯·略萨：你觉得博尔赫斯的文学不是阿根廷文学或拉丁美洲文学，而是世界性的文学，你只是在证实他人的看法，还是说这是你本人的评价呢？博尔赫斯的文学的历史根源在于……？

加西亚·马尔克斯：我觉得博尔赫斯写的是一种逃避型文学。谈到博尔赫斯我觉得有件事情值得一提：博尔赫斯是我读得最多的作家之一，过去读，现在也读，但同时也可能是我最不喜欢的作家。我读博尔赫斯是因为他驾驭语言的杰出能力；他是可以教授写作的人，也就是说，他会教你如何打磨语言工具，来用它更好地写作。从这个角度来看，我以上所说的确是我个人对他的评判。我认为博尔赫斯做的是利用想象的现实进行创作，这是一种纯粹的逃避型写法；而科塔萨尔不是这样。

巴尔加斯·略萨：我觉得所谓逃避型文学是指脱离某种具体的、历史上的现实的文学。我们也许可以说，与以某种具体现实为素材的文学相比，逃避型文学没那么重要，也没那么有意义。

加西亚·马尔克斯：就我个人而言，我不喜欢那种文学。我认为所有伟大的文学作品都该以具体现实为基础。不过这倒使我想起我们曾经聊过的东西了。我记得你当时得出结论说我们这些小说家都是以腐败社会的腐肉为食的兀鹫，你要是还记得这句话就很有意思了，你还记得吗？你是在加拉加斯说的。

巴尔加斯·略萨：没错，不过我才是提问题的那个人……

加西亚·马尔克斯：不，不……我提到它是因为我很赞同你的想法；我当然也可以用自己的表达，但是在你面前这么做会显得很蠢，所以最好还是由你来解释。我完全同意你的想法。

巴尔加斯·略萨：你这是卑鄙的反击，不过……好吧，我认为无论是小说家的大量涌现，还是他们的雄心和勇敢，都与社会危机有着奇妙的联系。我认为一个正处于繁荣期、内部和谐稳定的社会对作家的激励比不上一个——正如当代拉丁美洲社会一样——深陷内部危机、行将崩坏垮台的社会，即处于转型和变革期的社会，我们不知道这种社会将带我们去向何方。我觉得这种形同死尸的社会更能激发作家的创作灵感，能为他们提供更多有趣的主题。不过这又让我想到另一个关于拉丁美洲当代小说家的问题。你说如今我们这些国家的读者对拉丁美洲作家写的东西感兴趣，是因为这些东西满足了他们的需求，也就是说，向他们展现了他们生活于其中的现实，并帮助他们看清自己身处的环境，我十分认同这一看法。现在，毫无疑问拉丁美洲作家间的相似性已经所剩无几了。你刚才就指出了在两个阿根廷作家的作品之间存在的差异：科塔萨尔和博尔赫斯。可如果我们把博尔赫斯和卡彭铁尔作比较的话，差异就更大了，算得上是鸿沟般的差异，将奥内蒂和你本人作比较，或者将莱萨马·利马和何塞·多诺索[1]作比较，结果也是一样。从技巧、风格以及内容的角度来看，他们的作品间的差异是很大的。你认为可以用某种共有的称呼来指代这

---

[1] 奥内蒂、莱萨马·利马、何塞·多诺索均为拉丁美洲作家。胡安·卡洛斯·奥内蒂（Juan Carlos Onetti，1909—1994），乌拉圭作家，代表作有《短暂的生命》《造船厂》《收尸人》等以虚构小镇圣玛利亚为背景的小说。何塞·莱萨马·利马（José Lezama Lima，1910—1976），古巴诗人、小说家，代表作有《天堂》等。何塞·多诺索（José Donoso，1924—1996），智利作家，"文学爆炸"代表作家，代表作有《淫秽的夜鸟》《别墅》《"文学爆炸"亲历记》等。

些作家吗？他们之间有什么相似性？

加西亚·马尔克斯：好吧，我不知道如果我回答说这些作家的相似性恰恰体现在他们的差异性的话，会不会有些诡辩的意味。且让我解释一下：拉丁美洲的现实是多面的，我认为我们每个作家都在试图描写现实的不同面。从这个意义上来看，我觉得我们都在写同一本小说。因此，当我在刻画某个方面的时候，我知道你正在描写另一个方面，富恩特斯关注的则是和你我不同的又一个方面，但它们都是拉丁美洲现实的组成部分。因此，当你发现《百年孤独》里有个走遍世界的人物遇见了维克多·休斯——卡彭铁尔的《光明世纪》中的人物——的幽灵船时，你就不会觉得那是巧合了。后来还有个人物出场，洛伦索·加比兰上校，那是卡洛斯·富恩特斯的《阿尔特米奥·克罗斯之死》里的人物。另外，我在《百年孤独》里还提到了一个人物。实际上我没把那个人物写出来，只是提到了他：我书里的一个人物来到巴黎，住在多芬尼大街上的一家酒店里，就住在罗卡玛杜去世的那个房间里，罗卡玛杜是科塔萨尔笔下的人物。还有件事情我想提一下，我完全相信把小篮子里最后一个奥雷里亚诺带走的嬷嬷就是《绿房子》里的帕特洛西尼奥嬷嬷。你知道吗？我当时需要更多信息，好知道怎么把你书里的这个人物搬到我的书里来，我还缺点信息，可是你当时在布宜诺斯艾利斯，你在满世界走动。我想说的是：尽管作家之间存在差异，但我们还是可以轻松地把这些虚构人物从一本书引入另一本书中，而并不显得虚假。那是因为存在着某个我们共享的层面，当我们找到表达这一层面的方式，我们就能写出真正的拉丁美洲小说，就能写出属于拉丁美洲的全景小说，那本小说放在任何拉丁美洲国家背景中都讲得通，哪怕在这些国家间存在着政治、社会、经济、历史等方面的差异。

巴尔加斯·略萨：我觉得你的这个想法很让人激动。如今，在这本由全体拉丁美洲小说家书写、代表拉丁美洲整体现实的全景小说里，你认为是否存在作为现实一部分的非现实？那正是博尔赫斯擅长描写的东西。你不认为从某种层面上来看，博尔赫斯正在描写和展示阿根廷的非现实、拉丁美洲的非现实吗？而在主导着文学的全景现实中，他的非现实也是一个维度、一个层面、一种状态，不是吗？我向你提出这个问题是因为我在剖析自己钦佩博尔赫斯的原因时总是会遇到一些困难。

加西亚·马尔克斯：啊，我在剖析我的钦佩之情时倒是没遇到什么困难。我很钦佩博尔赫斯，我每晚都读他的作品。我从布宜诺斯艾利斯来这儿时就随身带着一套《博尔赫斯全集》。我把它们装在行李箱中，每天都读，可同时他又是我所憎恶的作家……不过我很欣赏他"演奏"用的"小提琴"。也就是说，我们需要博尔赫斯教我们开发语言的潜能，这也是个很严肃的问题。我认为博尔赫斯的非现实本身也是虚假的，它不是拉丁美洲的非现实。我们就进入悖论中了：拉丁美洲的非现实是如此真实而日常化，它和我们理解的现实完全融合到一起了。

巴尔加斯·略萨：好吧，我们现在来聊聊在文学世界中有些边缘化的一个领域，不过它和文学又有某种联系，即历史领域。尤其在我们这些国家，我想许多读者、学生和评论家都很在意这个问题。作家的文学态度与其政治态度之间的关系。人们认为作家在面对社会问题时应该具有某种责任感，这种责任感不应该只体现在作品中、写出来的文字里，也应该体现在政治态度上。我很想知道你在这一问题上的个人立场是怎样的，也就是说你的文学态度和政治态度之间的关系是怎样的。

加西亚·马尔克斯：好的，首先，我认为作家首要的政治责任就是把书写好。所谓写得好，并不只是说要写出文采十足、正确无误的文章来，而是要按照自己的信念来写，我不会说要真挚地去写作。我认为不应该要求作家在他的作品里表现得像个政治活动家，就像不应该要求鞋匠在他们做的鞋子里体现政治内容一样。我发现我举的这个例子很肤浅，不过我想说，要求作家把文学变成政治武器是不对的，因为如果一个作家有意识形态和政治上的立场的话——例如我就有，它们会自然而然地体现在作品中。举个例子，托雷·尼尔松[①]在布宜诺斯艾利斯对我说《百年孤独》是本很美的书，但很不幸，它也是本反动小说。他让我很惊讶。

巴尔加斯·略萨：他为什么这么说呢？

加西亚·马尔克斯：他没解释，不过他说了类

[①] 托雷·尼尔松（Torre Nilsson, 1924—1978），阿根廷导演。

似下面这样的话："在这个时刻,尤其是在拉丁美洲,我们有这么多问题,都是些非常可怕的问题,这让我觉得写出一部很美的小说这一行为本身就是反动的。"我只怕又要卑鄙地反击你了:你认为《百年孤独》反动吗?

巴尔加斯·略萨:不。

加西亚·马尔克斯:那么为什么它不反动呢?他给我留下了这样的疑问。

巴尔加斯·略萨:我认为拉丁美洲的社会和政治现实中的基本问题都在《百年孤独》中得到了非常客观的体现,而不像在其他作品(例如科塔萨尔的作品)中只有间接、寓言式的描写。我之前有一次问了你些问题,其中有两个问题渗入这部小说的所有情节中:哥伦比亚的暴力问题和游击队问题。还有些情节与马孔多的香蕉种植园有关。那些种植园首先吸引了冒险者,然后是外国垄断资本,它们让小镇居民的生活变得疯狂了起来。

加西亚·马尔克斯:所以你认为包括这本书在内的所有我们目前正在写的作品都有助于读者理解拉丁美洲的政治和社会现实,是这样吗?

巴尔加斯·略萨：我认为所有优秀的文学都必然是进步的，不过要抛开作者的主观意图不谈。举个例子，像博尔赫斯这样思想非常保守、非常反动的作家，在写作时既不是反动分子，也不是保守人士。我在博尔赫斯的作品里（尽管他签署的某些宣言不是这样）没发现任何鼓吹对社会和历史来说属于反动思想的内容，或是静止地看待这个世界的视角。总之，再举个例子吧，在他的作品里没有宣扬法西斯主义的东西，也没有宣扬他推崇的帝国主义的东西。我没发现任何类似的内容……

加西亚·马尔克斯：的确没有，因为他连自己的信念都在逃避……

巴尔加斯·略萨：我认为所有伟大的作家，哪怕思想反动，也会为了真实刻画现实而逃避自己的信念，因为我觉得现实本身并不反动。

加西亚·马尔克斯：没错，但我们并没有逃避自己的信念。举个例子，那部小说里所有关于香蕉工人的情节都与我的信念相关。我的立场一直是坚定支持那些工人。这一点表现得很明显。所以我认为作家最大的政治贡献就是不要逃避，既不逃避自己的信念，也不脱离现实,而是要通过自己的作品帮助读者更好地理解他的国家、大陆和社会的政治状况及社会现实,我认为这是个积极且重要的政治任务,也是作家的政治职责。身为作家,做到这些就足够了;而作为人来说,他就可以有政治身份,不是可以有,而是应该有,因为作家是有影响力的人,他应当利用这种影响力来发挥自己的政治作用。

巴尔加斯·略萨: 还有些很奇怪的例子。有些作家在作为公民时,表现得十分进步,甚至很有战斗性,可他们的作品反映的世界观又与他们的信念相悖。我不想以仍处在摸索阶段的拉丁美洲作家为例,我想到了罗歇·瓦扬[①],他的行为高贵且高尚,经常参加社会斗争,可是他写的十五或十六本书让我觉得内容十分反动,当然他本人不可能预见到这一点。在写作时他遵循着某些念头,最后却成了与其信念相悖的东西。这种例子引发了我的思考,我觉得对于作家来说,写作时最重要、最真实、最能体现内心深处隐藏之事的不是信念,而是那些让他着迷的念头。

---

① 罗歇·瓦扬(Roger Vailland, 1907—1965),法国小说家,代表作有《律令》《三十二万五千法郎》等。

加西亚·马尔克斯：对，当然是这样，作家是带着各种各样的念头写作的，但我认为那些念头也决定了他们的信念。换句话说，我认为如果某个作家陷入悖论中，这两方面里肯定有一个方面出了差错：要么是他在写作时不够真诚，要么就是他对自己的信念不够坚定。

巴尔加斯·略萨：你不认为在作家进行创作时，上述两个因素中的某一个更深刻、更具决定意义吗？就你的情况来看，在写《百年孤独》时，举个例子，你曾为这本书的主题费了些心思，它令你着迷了许多年，让你费心的到底是什么？是某些想法还是某些信念？你想写的是马孔多的故事，哥伦比亚内战的故事，给那里带去屠杀和悲惨境况的香蕉种植园的故事？还是说你实际上想要呈现或从内心释放的主要是某些逸事或某些幻觉般的情节？又或者你想要释放的是某些轮廓已十分明晰的人物？是某种意识形态还是某件奇闻逸事把你推向……

加西亚·马尔克斯：我认为这是该留给评论家作答的问题，因为就像我之前说的那样，我想做的就只是讲个好故事。我总能意识到我正在讲一个不错的

71

故事，按照我认为故事应有的样子来讲述它，我用了"我认为"这种说法，我指的是一切真实的情况：政治、社会、文学，一切。我追求的是全景式的小说，我认为所有我们这些拉丁美洲小说家追求的都是全景式的小说，即包含一切的小说：信念、令人着迷的想法、传统、传说。但说到这儿我已经开始犯迷糊了，因为我十分不擅长评价自己写的书；我在写书时有些不清醒，因为我总是在事后分析时才发现我写进小说的那些东西都和我的信念、着迷的事情相关。我想说，我是绝对真诚的，我在任何时候都无法欺骗自己，我坚信我越真诚，小说的冲击力和沟通力就越强。

巴尔加斯·略萨：这让我联想到了法国人说的"la petite cuisine"，也就是作家的"小厨房"。我觉得在场的同学们肯定对作家如何写作这个问题很感兴趣，作家进行创作遵循的是怎样的步骤呢？有些因素具有根本性的推动作用，例如讲故事的欲望。那么，从这种欲望开始支配你，到书出版，这中间有哪些阶段？发生了什么？

加西亚·马尔克斯：好吧，咱们可以分别来聊聊每一本书的情况……

巴尔加斯·略萨：我觉得《百年孤独》的例子就很有趣。在一篇报道中你曾提到写这本书的想法纠缠了你许多年，你曾多次尝试动笔，后来又搁置了，直到有一次在从阿卡普尔科返回墨西哥城的半路上，你突然清晰地看到了这本书的样貌，你甚至可以把它口述下来。

加西亚·马尔克斯：没错。但我指的纯粹是这本书的形式方面；也就是说，在许多年里困扰我的是讲述故事的口吻的问题，是书的语言问题。至于书的内容，那个故事本身早已在我心中成形，在年少时我就把整个故事都想好了。我当时总是会想起一个人：布努埃尔[①]。你瞧，我现在要绕个圈子，不过最后我还会绕回我们现在这个话题上。路易斯·布努埃尔有一次曾说拍摄《维莉蒂安娜》的最初想法源自一幅画面，一个穿婚纱的女人，她非常美丽，却被下了麻药，身边有个正要强奸她的老头。于是，围绕那幅画面他逐渐构建了整个故事。我对此非常吃惊，因为实际上我

[①] 路易斯·布努埃尔（Luis Buñuel, 1900—1983），西班牙导演。

写《百年孤独》的最初想法就来源于一幅画面：一个老人带着一个小男孩去见识冰块。

巴尔加斯·略萨：这幅画面是否源自你的个人经历？

加西亚·马尔克斯：它源自我的一个执念，我总想要回到外公的房子。外公曾带我去过马戏团。冰块是马戏团里的新鲜玩意，因为小镇热得吓人，没人见过冰块，当时冰块和大象或骆驼一样新奇。因此在《百年孤独》里出现了老人带着小男孩去见识冰块的场景，冰块在马戏团的一个帐篷里，人们得买门票才能进去看。全书内容就是围绕这幅画面逐渐构建起来的。在所有的趣事、内容、情节方面，我都没有任何问题——那是我生命的组成部分，它们一直在我的脑海中打转。我只需要把它们组合起来，赋予它们结构。

巴尔加斯·略萨：可是你在语言方面到底遇到了什么问题呢？我不想用"割裂感"这个词，不过《百年孤独》的语言与你之前作品中的那种朴素、精准、高效的语言相比，的确丰富了许多。

加西亚·马尔克斯：没错，除了《枯枝败叶》。

《枯枝败叶》是我出版的第一本书，是我在发觉自己写不出《百年孤独》之后写的。现在我才发现《百年孤独》的真正前身是《枯枝败叶》，在写成《百年孤独》的路上还有《没有人给他写信的上校》和短篇小说集《格兰德大妈的葬礼》[①]，还有《恶时辰》。

现在我们回到刚才的问题上来，事实上，那段时期在我的生活中发生了许多重要事件。换句话说，出版《枯枝败叶》后我曾想着要沿着这条路写下去，但是哥伦比亚的政治和社会环境开始急剧恶化，"哥伦比亚大暴乱"开始了，在那时，我也说不清楚缘由，我有了政治意识，我感觉自己和在那场国家悲剧中受难的人们产生了共鸣。于是我开始讲述和我之前感兴趣的故事不同的故事，我开始讲述和当时的哥伦比亚社会与政治问题直接相关的故事。但是我不同意其他哥伦比亚小说家创作同题材故事的方式，他们在处理暴力主题时就像在清点死者数量，写得就像报告一样。我一向认为暴力问题的严重之处不在于死者数量，而在于它不断给哥伦比亚社会、给那些被死亡

---

① 这部短篇小说集中译本书名为《礼拜二午睡时刻》。

阴影笼罩的哥伦比亚村镇带来的可怕印迹。除此之外，我还关注着另一件事，那里面藏着些神秘的东西——我们每个作家都会关注点神秘的东西：我除了在意死者之外，还关注那些凶手。我非常关注那些死于屠杀的人，但也关注来到村镇里施行屠杀的警察。我想知道那个人到底经历了什么，他是怎么走到这一步的，我的意思是走到杀人这一步的。就暴力这一主题我有不同的视角。其他人在讲述恶人们进入村镇、强奸妇女、砍杀孩童的时候，我考虑的则是这些行为带来的严重的社会问题，我并不在意死亡人数之类的问题。于是我写了《没有人给他写信的上校》，书中上校和整个小镇的处境正是这个国家的暴力状态带来的结果，《恶时辰》也是如此，我们能够感受到这个故事发生在暴力时期之后的一个小镇中。我想展现小镇在经历暴力时期后的模样，小镇推行的那套制度对此毫无办法，暴力在持续，随时都可能出现某个导火索，再次引爆暴力问题。发现这些主题时，我觉得它们有点陌生，我向你坦白这一点，实际上是向你承认隐藏在我内心深处的一些东西，身为作家的我对这种情况十分担心，因为我觉得《没有人给他写信的上校》——我在《百年孤独》之前取得成功的作品之一——并不是一部非常真诚的作品。我之所以写它，是因为我想要尝试接触一些我并不十分感兴趣的问题，可是我又觉得自己应当对它们感兴趣，因为我觉得自己应该是个与类似主题有联系的作家。请注意，无论是《没有人给他写信的上校》还是《恶时辰》，抑或是《格兰德大妈的葬礼》中的大部分故事，都没有在马孔多发生。而《枯枝败叶》和《百年孤独》是在马孔多发生的，因为我认为马孔多世界远离了我在那个时期见到的社会，我注意到自己不应该使用与《枯枝败叶》和后来的《百年孤独》相同的语言去写在那个时期使我产生兴趣的事情。所以我就得寻找适合讲述那些故事的语言，也因此，你刚才指出的存在于《百年孤独》和除《枯枝败叶》之外的其他小说间的语言差异问题，其根源就在于这两种小说的主题是完全不同的，我认为每种主题都需要最适合它的语言，作家得去寻找它。因此，我并不认为《百年孤独》的语言要比之前作品的语言更加丰富，只是因为我在《百年孤独》中使用的素材要求我运用一种不同的语言。所以"割裂感"也是不存在的。如果明天我碰到需要另一种语言的素材，我还是会努力寻找那种语言，也就是能让故事变得更有效力的语言。

巴尔加斯·略萨：的确如此，我也是从这一层面出发提出了"更加丰富"的概念，因为我也认为语言会根据主题的情况变得丰富起来。

加西亚·马尔克斯：我想说，语言之所以显得丰富，是因为主题要求它这样，是因为这本小说的主题和之前作品的主题不同了。我好奇的是读者们会不会疑惑之前那些小说的作者和《百年孤独》的作者是否是同一个人。

巴尔加斯·略萨：当然是，我觉得是同一个人。好了，你刚才提到的情况让我吃了一惊，你说你在《枯枝败叶》和《百年孤独》之间写的书描绘的是另一个世界的故事，是不同的内容。可我觉得无论是《恶时辰》还是《没有人给他写信的上校》，或者是《格兰德大妈的葬礼》中的故事，它们也都在展示马孔多故事的不同侧面，换句话说，是你在最新作品里概括并完结的故事的不同侧面。我认为《没有人给他写信的上校》体现的责任感并不比《百年孤独》强。

加西亚·马尔克斯：对，但在《没有人给他写信的上校》里，我是想刻意体现责任感的。我认为这正是那本书出错的地方，也是让我烦扰的地方。

巴尔加斯·略萨：但是在《百年孤独》里，也许在之前的书里——尤其是《没有人给他写信的上校》——也是如此，出现了一系列在拉丁美洲风俗主义小说里经常出现的主题。例如公鸡，就是《没有人给他写信的上校》里的那只有名的公鸡。好吧，实际上这是所有风俗主义文学作品的共有主题。斗鸡的风俗披上文学的外衣，成了拉丁美洲小说里的常见元素……

加西亚·马尔克斯：因为那是审视现实、审视同一个现实的糟糕方式……

巴尔加斯·略萨：这正是我想问你的：你并不回避或忌讳那些主题……

加西亚·马尔克斯：对。因为我觉得风俗主义文学使用的素材、主题和生活要素都是真实的，只不过没被利用好。它们是真实的，是客观存在的，但是描述它们的视角不对，所以应当用更敏锐的目光去审视它们，要看得更深入，不能只流于"风俗"的表面，不能让它们只停留在风俗文化的层面上。

巴尔加斯·略萨：你觉得整个拉丁美洲克里奥尔①文学给我们留下了什么？具体来说，我指的是罗慕洛·加列戈斯、豪尔赫·伊卡萨、欧斯塔西奥·里维拉、西罗·阿莱格里亚②那代人，那代人可以被统称为"风俗主义派""本土主义派"或"克里奥尔主义派"，他们给我们留下了什么？又有什么东西消失了？

加西亚·马尔克斯：我想公正地做出评价。我认为那代人很好地松了土，所以我们后来人才能更轻松地播种。我不想对爷爷辈的那群作家太苛刻。

巴尔加斯·略萨：就形式和技巧层面来看，你认为拉丁美洲当代作家亏欠欧美作家更多，还是亏欠我们拉丁美洲本土前辈作家更多？

加西亚·马尔克斯：我认为我们这些新小说家亏欠福克纳最多。这很有意思……人们一直说在我身上看到了福克纳的持续影响，现在我发现正是评论家

---

① "克里奥尔"一词本身指"土生白人"，也指"拉丁美洲本地人"。
② 罗慕洛·加列戈斯（Rómulo Gallegos, 1884—1969），委内瑞拉小说家，代表作有《堂娜芭芭拉》。豪尔赫·伊卡萨（Jorge Icaza, 1906—1978），厄瓜多尔小说家，代表作有《养生地》。欧斯塔西奥·里维拉（Eustasio Rivera, 1889—1928），哥伦比亚诗人、小说家，代表作有《漩涡》等。西罗·阿莱格里亚（Ciro Alegría, 1909—1967），秘鲁小说家，代表作有《金蛇》《广漠的世界》。

说服了我，让我相信我受到了福克纳的影响，我准备拒绝这种始终可能存在的影响，但让我惊讶的是这种影响是普遍现象。最近我为了给"南美头条"小说竞赛评奖读了七十五部未出版的小说，很难找出哪部完全没受到福克纳的影响。当然了，在这些书里这种影响体现得更加明显，因为作者都是新手，他们的写作还停留在表层，不过福克纳的确对拉丁美洲小说整体都产生了影响；而且我认为……这么说吧，可能这种说法有点过于扼要了，也可能有些夸张，我认为我们刚才提到的老一辈作家和我们这代作家最大的区别就在接受福克纳影响的方面，这也是我们之间唯一的区别，是唯一发生在两代人之间的事情。

巴尔加斯·略萨：福克纳的那种侵略式的影响出现的原因是什么呢？因为他是当代最重要的小说家吗？还是说仅仅因为他的风格十分独特、极具吸引力和启发性，才经常被人模仿？

加西亚·马尔克斯：我认为这还是写作方法的问题。"福克纳式"的写作方法对于讲述拉丁美洲的现实来说十分有效。那也正是我们在福克纳身上无意中发现的东西。换句话说，我们看到了这种现实，想要把它讲述出来，我们又清楚欧洲人的写作方式和西班牙人传统的写作方式派不上什么用场。突然，我们发现"福克纳式"的写作方法非常适合被用来描绘我们的现实。从根本上来看，这种情况并不奇怪，因为约克纳帕塔法县①可就在加勒比海边上呢，因此从某种意义上来说福克纳也算得上是加勒比海地区作家，这样看来，他也算是拉丁美洲作家。

巴尔加斯·略萨：除了福克纳和我们在前天提到的《阿玛迪斯·德高拉》之外，还有哪些小说家或作家让你难以忘怀？举个例子，你重读过哪些作家？

加西亚·马尔克斯：我最近重读了一本书，很难讲这本书和我本人有什么关联，但我将它读了又读，激情澎湃。就是丹尼尔·笛福的《瘟疫年纪事》。我不知道那本书里藏着什么吸引人的东西，但我就是对它很着迷。

巴尔加斯·略萨：我读到很多评论家指出你的作品也受到了拉伯雷的影响，我对此感到又奇怪又惊讶。你如何看待这种说法？

---

① 福克纳笔下多部小说的故事发生地，是福克纳虚构的地点。

加西亚·马尔克斯：我认为拉伯雷的影响不存在于我写的东西里，而存在于拉丁美洲的现实中。拉丁美洲的现实本身就是拉伯雷式的。

巴尔加斯·略萨：马孔多是怎样诞生的呢？你写的许多故事的确并非发生在马孔多，而是发生在"镇子"里，对吧？但我看不出"镇子"和马孔多有什么根本性差异。我认为从某个层面来看，那就是同一地点的两个名字罢了。你是怎么想到要写那个并不存在的镇子的故事的呢？

加西亚·马尔克斯：我昨天[①]讲过了。就是我陪母亲返回阿拉卡塔卡的那件事，我就出生在那个小镇上。我不想说阿拉卡塔卡就是马孔多；对我而言——我说不准，不过我希望某个评论家能发现这一点——马孔多代表着过去，好吧，因为我要给那段往日时光安插上街道、房屋、温度和人群，于是我就把那个酷热难耐、尘土飞扬、腐败朽坏的村子的形象复制了过去，那里的房子是用木头搭建的，带着锌皮屋顶，非常像美国南部的房屋；那个小镇非常像福克纳笔下的

[①] 口误，应为"前天"。后文的"昨天"也应为"前天"。

城镇，这是因为它是由美国联合果品公司主导修建的。而小镇的名字来自一座香蕉种植园的名字，它就叫马孔多，离阿拉卡塔卡很近。

巴尔加斯·略萨：啊，所以说那个名字是真实存在的。

加西亚·马尔克斯：对。但它不属于某个小镇。有一座香蕉种植园叫马孔多。我听着这名字很顺耳，就借用了它。

巴尔加斯·略萨：我还有个关于马孔多的问题。在你的这部最新小说里，在最后一章，这个小镇被狂风卷走了，它被卷到空中，消失不见了。在接下来的作品中你要怎么写呢？马孔多还会再次出现吗？

加西亚·马尔克斯：这就跟我们昨天聊的关于骑士小说的话题一样。既然骑士的头想掉几次就掉几次，那么我让马孔多重现也就没有任何问题了，如果需要的话，让我忘记马孔多曾被风刮走也无不可。因为从不自相矛盾的作家是教条式的作家，而教条式的作家是反动的，我唯一不想成为的就是反动作家。因此，如果明天我再次需要马孔多的话，马孔多就会默默地回归。

巴尔加斯·略萨：昨天我们也提到了在《百年孤独》之后你已经开始写或想要写的小说：《族长的秋天》。能给我们讲讲这本书吗？

加西亚·马尔克斯：好的，关于提前透露我正在写作的内容这件事，我是有点迷信的。也就是说，如果让谁知道了我正在写的东西，某种妖术或邪术就会作用到我的写作素材上。所以我很小心。没错，那本关于独裁者的小说进展不错。实际上，我想要创造一个属于拉丁美洲的人物，在他面前没有什么是不可能的。在《百年孤独》里我也想刻画一个万事皆有可能的世界：那里有飞毯，有升天的少女，奥雷里亚诺的那些私生子们都在圣灰星期三去望弥撒，也都被人用圣灰在额头上画了永远抹不掉的十字，他们所有人都死在同一个晚上[1]，子弹无一例外地射在他们额头的十字上。所以说我一直在寻找某个能够真正概括拉丁美洲现实的人物，他应当是拉丁美洲神话式的伟大生灵，对于这个人物来说，没有什么是不可能的，我觉得就只有大独裁者符合这些要求，但得是那些原始

---

[1] 私生子中的长子并未与其他孩子死在同一个晚上，而是在逃亡多年后被射杀。

的独裁者才行，他们完全信奉迷信和魔法，手握无边的权力。因此我才希望那本小说里的独裁者活到一百七十或一百八十岁，我也不知道到底让他活到多少岁合适；而他最喜欢的菜肴是俄式沙拉搭配烤耍阴谋诡计的国防部长们。

巴尔加斯·略萨：你这部小说中的族长，这个独裁者，灵感来源是拉丁美洲的独裁者吗？你应当不是以某个具体的独裁者为原型创作的吧？

加西亚·马尔克斯：不是。你瞧，我在最近这几年里努力读完了所有可能存在的关于拉丁美洲独裁者的文字。我生出了关于创作那样一个人物的想法，现在我又试着忘掉所有我读过的东西，我要忘掉所有奇闻逸事，所有我了解的东西，这个独裁者要和其他独裁者完全不同，不过他身上要有神话人物的本质，他要干净、纯正。

巴尔加斯·略萨：你提到过那本书要用独裁者的内心独白来写。

加西亚·马尔克斯：是的。我已经三次试图开始写那本书了，不过都失败了，因为我找不到讲述这个故事的适当方式。现在我觉得我已经找到它了，这也成了问题，因为我是在《百年孤独》写到一半时找到它的，我十分激动，甚至想用两只手同时写这两部小说。我认为得由独裁者本人来评判自己的野蛮和极端的残酷，而不是由我来担任叙事者的角色。他得自己评判自己。于是我决定使用独白的手法去写，要用独裁者在接受人民的审判时的大段独白去写。我希望这是个好办法，再过两三年咱们可以再来这里碰头，聊聊《族长的秋天》。

巴尔加斯·略萨：好的。我想再问你最后一个问题。首先，你之前写的书在你的国家取得了成功，你在哥伦比亚为人所知、受人尊敬，不过实际上我认为《百年孤独》才是让你真正成名的作品。它让你忽然之间成了明星[1]，成了被人们围绕的作家，你觉得这会对你未来的文学创作产生怎样的影响？

加西亚·马尔克斯：你瞧，我也说不准，但这确实给我造成了巨大的困难，我会说它带来的是些负面影响。之前我还想过，我觉得如果我早知道写完《百年孤独》后会发生现在这些事情的话，我是指人们像

---

[1] 原文为法语。

买面包一样买它，然后如饥似渴地阅读它，如果我知道会发生这种情况的话，我宁愿选择先不出版它，我会把《族长的秋天》写完，然后将两本书一起出版；或者等到《族长的秋天》出版后再出版它。因为像《族长的秋天》这样的书，我之前觉得自己已经构思得很完整了，可现在我又不确定了，我动摇了。

巴尔加斯·略萨：你是否觉得这种知名度、对成就带来的后果的恐惧影响了你，促使你离开拉丁美洲并到欧洲定居？

加西亚·马尔克斯：我去欧洲写作的原因很简单，因为我在那里的花销更少。

"证词"

许多年过去了,可我依然记得

阿贝拉尔多·桑切斯·莱昂[①]
二〇一九年五月

在丰多潘多[②]度过的那三年里,让我始终铭记的是我和卡洛斯·卡尔德隆·法哈尔多一起飞快地爬上安德烈斯·拉科的皮卡车斗的那一天。社会科学研究里充斥着数字和统计表,十分无趣,尽管那个时期的荷兰教育者坚持认为正是它们让人文学科变得严

[①] 阿贝拉尔多·桑切斯·莱昂(Abelardo Sánchez León, 1947—),秘鲁社会学家、诗人、作家、记者。
[②] 秘鲁天主教大学所在地,该大学原位于利马市中心,后拓展至该地。

肃了起来。可能正因如此，我们才觉得跑到国立工程大学参加活动是个不错的主意，何况在一九六七年的那天要进行对谈的是如天空明星般闪耀的两位作家：马里奥·巴尔加斯·略萨和加夫列尔·加西亚·马尔克斯。

那个让人难忘的午后已经过去了五十二年，可能很多记忆已经不再准确。可我依然记得我和卡洛斯·卡尔德隆·法哈尔多毫无罪恶感，激动地坐在报告厅后排，我的记忆中满是幸福的感觉。凯伊·斯图布斯和玛尔塔·马尔多纳多陪着安德烈斯坐在前排。我再没去过国立工程大学。我知道那里很远，以后也依然遥远。从天主教大学到那里去的路程更加曲折，不过毫无疑问交通更便利：我们学校周围有些乡村，那里背风向阳，在九月春日里正是气候温和的好地方，而我们正值青春，这毫无疑问是我们拥有绝对满足感的关键所在。我那年二十岁。

我要感谢安赫尔·埃斯特万和安娜·加列戈的《从马尔克斯到略萨：回溯"文学爆炸"》，那本书里记录了确切日期：九月五日。两位作者在那本书里提到了两个日子，九月五日和七日，但我确定只有五日的活动办成了，因为加西亚·马尔克斯没有出席本应在圣弗朗西斯科教堂旁的国立文化学院举行的第二场活动。[①] 他的理由可能是胃不舒服。他是个内向的人，不喜欢在公众面前讲话，他擅长的是写作，不过哪怕他抗拒类似活动（那年里为庆祝《百年孤独》的出版办了许多活动），当他置身国立工程大学，看到现场满是期待听他讲话的年轻人时，他也一定会心满意足。不过，将要出现在国立文化学院活动现场的嘉宾中还有些像我父母一样年长、严肃、古板的人，他们所有人都将头发打理得整整齐齐。

在我的记忆中，于国立工程大学进行的那场对谈具有创新性，精彩、流畅、有趣，对于所有想生活在文学氛围中——无论是阅读文学作品还是创作文学作品——的年轻人来说都意义重大。加西亚·马尔克斯就是在那时说出了那句最为人熟知的话："我写作，是为了让朋友们更喜欢我。"后来我和其他几个人都把这句话当成了座右铭。他告诉我们写作是为了不再孤独，是为了获得更好的陪伴。写作也能让我们有更

---

① 七日的对谈依然在国立工程大学建筑系报告厅中进行，此处疑为作者弄错了地点。

多话题可以交流，而那些东西一经交流就不再是它们本来的模样了。

我对一九六七年九月五日发生的事情的记忆已经有些模糊了。不过那段记忆始终笼罩着一层魔幻的光圈，一些话语萦绕其中，它们不是访谈、对谈或讲座式的发言，而是两个互相喜爱、互相尊敬的朋友之间的对话。

马里奥·巴尔加斯·略萨是个很有竞争意识的人，但正是出于这个原因他表现得十分慷慨。加夫列尔·加西亚·马尔克斯是个时常语出惊人的健谈之人，因此他的朋友在对话过程中经常把本属于自己的位置让给他。受邀嘉宾是加西亚·马尔克斯，或者两人都是受邀嘉宾，这已经不重要了，何塞·米格尔·奥维多是整场活动的组织者，但那场对谈活动完全没有事先策划的感觉。我记得在某一刻，麦克风没声音了，应该是出现了电力故障，加博[1]开玩笑说那里不该出现电力故障[2]。后来麦克风当然恢复正常了，但对于所有听众——所有全神贯注的年轻人——而言，有没有麦克风都不要紧，因为他们的话语始终可以直入我们的内心。

---

[1] 加西亚·马尔克斯的昵称。
[2] 因为活动是在国立工程大学举办的。

人生与文学*

阿贝拉尔多·奥贡多[①]

一九六七年五月,一部让人眼花缭乱的小说出版了,即加西亚·马尔克斯的《百年孤独》。在那个时期,一群拉丁美洲小说家开始引起世界文坛越来越多的关注,他们的作品不仅极具革新性,也吸引了越来越广泛的读者群体。这种现象愈发引人瞩目,后来被称为"拉丁美洲小说'爆炸'"。凭借《百年

---

* 最初以"序言"为题收入国立工程大学基金会出版社于 2003 年出版的《对谈:拉丁美洲小说》中。
① 阿贝拉尔多·奥贡多(Abelardo Oquendo, 1930—2018),秘鲁语言学家、文学评论家、编辑、教师。

孤独》,加西亚·马尔克斯一跃跻身"爆炸"一线作家之列。

不过,在一九六七年九月,加西亚·马尔克斯在秘鲁依然是位鲜有人知的作家。因此,当国立工程大学邀请他与马里奥·巴尔加斯·略萨进行一场公开对谈活动时,真正具有吸引力的是这位秘鲁小说家。巴尔加斯·略萨当时已经是"爆炸"的主将之一了,他已经出版了《城市与狗》,这部小说获得了西班牙塞伊斯·巴拉尔出版社的简明丛书奖,他还刚刚凭借《绿房子》在加拉加斯领取了罗慕洛·加列戈斯文学奖。这位小说家在三十一岁就取得了国际声望,是整个秘鲁的骄傲。在那个政治和社会都无比躁动的时期,大学里的年轻人们依然对这位极富战斗精神的作家的立场和观点十分感兴趣。

就这样,在一九六七年九月五日上午,许多学生很早就在建筑系的报告厅外排起了队,两位小说家之间的对谈就将在那里进行,他们等待着巴尔加斯·略萨的到来,希望能和他说几句话,或是要到签名。没人留意同样在那里徘徊的加西亚·马尔克斯,因为没人认识他,也没人能想到这个穿着随意、看起来像个有点显老的学生的人就是那位受邀前来的外国作家。直到一身正装的巴尔加斯·略萨走向他,人们才回过神来。到了那时,建筑系的报告厅里已经人满为患,连站的地方都没有了。

对谈开始后,巴尔加斯·略萨担任起了提问者的角色,将加西亚·马尔克斯摆在焦点位置上;加西亚·马尔克斯的任务则是就写作事业和文学的作用阐述观点。现场听众大多会在未来成为工程师,对于他们而言,那场教学式的入门介绍十分合适。如果说巴尔加斯·略萨刻意将问题私人化了("你认为身为作家的你有什么用处?"他这样问道),那么加西亚·马尔克斯从一开始就把自己能够做出回应的界限划得十分清楚("因为实际上谈理论不是我的强项")。没过多久,这位哥伦比亚作家就用一件接一件逸事主导了对谈,也慢慢掌控了现场氛围,他谈及了美洲,还说道:"拉丁美洲的非现实是如此真实而日常化,它和我们理解的现实完全融合到一起了。"

那场对谈连接了人生与文学、理论与实践、幻想与现实,介绍了许多关于小说和小说家的知识,加西亚·马尔克斯和巴尔加斯·略萨的叙事魔力渗入整场对谈，没人注意时间的流逝。最后二人和听众约定在两天之后继续他们的对谈。两天后，早在活动开始之前，建筑系的报告厅里就连放置一枚别针的空间都没有了。

当马里奥·巴尔加斯·略萨
遇见加夫列尔·加西亚·马尔克斯＊

里卡多·贡萨雷斯·比希尔[①]

我当时就在现场。一九六七年九月五日和七日,加夫列尔·加西亚·马尔克斯来到利马,在国立工程大学与马里奥·巴尔加斯·略萨进行对谈,他从加勒比海的阳光中汲取而来的无与伦比的语言魔力让我们每个人都着了迷。那首由拉丁美洲小说"爆炸"两位主将演奏的

＊发表于《商业报》的《光线》专栏,利马,2014 年 4 月 28 日。
① 里卡多·贡萨雷斯·比希尔(Ricardo González Vigil, 1949—),秘鲁文学评论家、作家。

二重奏是一场真正意义上的文学音乐会，在那之前乃至之后，我都未曾有过同样的体验。他们二人都是操纵语言的大师，但性格差异极大，正如评论家何塞·米格尔·奥维多（对谈活动的组织者，他的提议受到了校长圣地亚哥·阿古尔托和系主任路易斯·米罗·克萨达的热情支持）在《对谈：拉丁美洲小说》（1968）首版前言中提到的那样："巴尔加斯·略萨总是十分严格，擅长理论化的东西，在争议面前表现得有条不紊，而加西亚·马尔克斯总是带着自相矛盾的强烈幽默感，言语睿智而具有讽刺性，显得充满活力。"两人的差异甚至体现在了着装上，巴尔加斯·略萨穿着完美无瑕的西服三件套，优雅得体，而加西亚·马尔克斯不仅没打领带，还穿了件昆比亚和巴耶纳托歌手常穿的花衬衫。

巴尔加斯·略萨在对谈中表现得十分出色，不过真正的主角是那位哥伦比亚天才作家，不仅因为他拥有比我聆听过其讲话的其他所有作家（包括豪尔赫·路易斯·博尔赫斯在内）更强的语言掌控力，他能够激发听众的想象力并带来审美愉悦感；还因为我们的那位天才同胞表现出了伟大作家少有的极度谦逊和慷慨，正像评论家阿贝拉尔多·奥贡多说的那样，他"担任起了提问者的角色,将加西亚·马尔克斯摆在焦点位置上"。

我永远都忘不了那次对谈的听众们,除了挤满建筑系报告厅的听众外,国立工程大学的校园里也到处都是人,他们通过扬声器收听"文学爆炸"两大主将的谈话。我希望借这个机会澄清一下:加西亚·马尔克斯并非像有些描述那次对谈的文章所说,在当时的秘鲁是位"鲜有人知"或"不为人知"的作家。类似的说法之前就出现过,最近因纪念刚刚去世的加西亚·马尔克斯又再次出现了。

毫无疑问那时的巴尔加斯·略萨有名得多,而且刚刚获得了重要的罗慕洛·加列戈斯文学奖,成了全秘鲁人的骄傲,他还在加拉加斯朗读了他最有名的那篇演讲稿:《文学是一团火》。然而,无论是在评论界还是在销售方面,一九六七年五月三十日《百年孤独》在布宜诺斯艾利斯出版后,它无可比拟的成功都已经以不可抑止的方式蔓延开来了。该书首版甫一出版即告售罄,后来几乎每月再版一次。请注意,在当年八月,加西亚·马尔克斯已经以荣誉嘉宾的身份受邀出席在加拉加斯举行的为巴尔加斯·略萨颁奖的典礼（马里奥和加博也正是在那时第一次见了面，不过在那之前两人已经通过热情洋溢的信件交流很久了，他们互相盛赞了对方的《没有人给他写信的上校》和《绿房子》）。两人都受到了读者的广泛赞誉，当时不乏有人预测《百年孤独》会获得下一届罗慕洛·加列戈斯文学奖，后来此事果真在一九七二年变成了现实。

我们还应该记得，路易斯·哈斯在其重要著作《我们的作家》（1966）中已经将加西亚·马尔克斯作为拉丁美洲主要小说家列入其中了，还盛赞了当时仍未出版的《百年孤独》。加博是在一九六六年八月写完那部巨著的，不过在当年六月，当时已是知名作家的卡洛斯·富恩特斯已经把它誉为拉丁美洲的《圣经》。同年，在《观察家报》（波哥大）和读者甚众的《新世界》杂志（巴黎）上已经刊登了小说的部分内容。不仅如此，回到国立工程大学，该校的优秀杂志《阿马鲁》（那些年里秘鲁最好的杂志）也于一九六七年一月刊登了《百年孤独》的节选。就写到这里吧。

巴尔加斯·略萨评加西亚·马尔克斯[*]

发现一位作家

我当时在巴黎的法国电台工作，我有一档文学节目，要评论当时在法国出现的可能会让读者对拉丁美洲产生兴趣的图书。一九六六年时我读到了一个哥伦比亚作家的作品，*Pas de lettre pour le colonel*，也就是

---

[*]《巴尔加斯·略萨评加西亚·马尔克斯》，《国家报》，马德里，2017年7月10日，星期一。本文由卡洛斯·格拉内斯对马里奥·巴尔加斯·略萨进行的访谈的部分内容整理而成，该访谈的主题是巴尔加斯·略萨与加西亚·马尔克斯的友谊，访谈于2017年7月6日在马德里康普顿斯大学举行。

《没有人给他写信的上校》。我非常喜欢书里那种极为严格的现实主义写法,也喜欢作者对那位老上校的精准刻画,他始终等待着不可能到来的抚恤金。于是我很想认识那个叫加西亚·马尔克斯的作者。

合写小说

有人帮我们取得了联系,我不知道先写信的是我还是他,但是我们当时频繁地通信,在见面之前就通过信件成了朋友。在某一刻我们有了合写一本小说的想法,内容关于秘哥两国在亚马孙地区爆发的一场战争。关于那场战争,加西亚·马尔克斯掌握的信息比我更多,他在信里给我讲述了许多细节,他很可能故意夸大了那些细节,好让它们显得更加有趣生动。我们在许多信件里不停地讨论这个计划,但最后还是没能把它变为现实。你很难打破写作时的那种私密状态,把所有东西都展现给另一个人。

最初的友情

我们于一九六七年在加拉加斯机场第一次见面，当然在那之前我们就认识了，也都读过对方的作品，我们立刻就熟络了起来，互相抱有好感，在离开加拉加斯时我们已经成了朋友。我可能会说我们那时几乎、几乎算得上是密友了。后来我们又一起去利马，在国立工程大学做了场对谈活动，那是加西亚·马尔克斯发表的为数不多的对谈之一，他在面对公众时总显得相当抗拒和孤僻。他很厌恶面向公众的访谈，因为实际上他是个非常内向的人，很不愿意即兴讲话。这和私底下的他完全是两个样子，在私底下，他非常健谈、有趣，说起话来落落大方。

喜爱福克纳

我认为在我们成为朋友的过程中起到最大助力的就是阅读：我们两个都非常喜爱福克纳。我们在通信时经常提起福克纳，经常谈论福克纳教给我们的现代写作技巧，不必遵循线性时间顺序讲述故事，不停变换叙事视角……我们两人间最主要的共同话题就是阅读经历。弗吉尼亚·伍尔夫对他影响很大。他经常谈起她。我则经常提起萨特，我觉得加西亚·马尔克斯根本就没读过萨特的书。他对法国的那些存在主义者不感兴趣，但他们对我产生过重要影响。我觉得他应该读过加缪的作品，不过他读得最多的还是英语文学。

做拉丁美洲人

我们同时发现：比起秘鲁作家或哥伦比亚作家，我们更称得上是拉丁美洲作家，我们同属一个祖国，只不过在那之前我们对它了解不多，也没什么人对它有归属感。如今人们普遍把拉丁美洲视作文化整体，可这种想法在我们年轻时是不存在的。这种变化随着古巴革命开始出现，它是引起全世界对拉丁美洲关注的核心事件。人们的好奇心同时也使得他们发现在这片土地上出现了全新的文学。

古巴和"帕迪利亚事件"

当时加西亚·马尔克斯已经经历过类似的事情了，只不过那次他更加谨慎，而且对古巴革命有些失望。他曾经去过古巴，跟他很要好的朋友普利尼奥·阿普莱约·门多萨①一样到拉美社工作。他们在那里时，拉美社相对共产党而言还保持着一定的独立性。但是共产党想要以一种不公开的方式收编拉美社。他们达到目的后，普利尼奥和加西亚·马尔克斯就都被辞退了。这一事件对于加西亚·马尔克斯来说意味着某种私人的政治冲击。在关于该事件的问题上，他表现得非常谨慎，在我认识他时，我已经对古巴革命抱有强烈的热情了，他则不然，他甚至经常用嘲讽的语气谈论古巴革命，举个例子，他曾说："年轻人啊，你等着，等着瞧吧！"他只在私下里表露过这种态度，在公共场合不会这样。一九七一年"帕迪利亚事件"爆发时他不在巴塞罗那，我不知道他是短期外出还是永久移居了，我记不清了，不过我记得当古巴政府逮捕帕迪利亚并指控他为

---

① 普利尼奥·阿普莱约·门多萨（Plinio Apuleyo Mendoza, 1932— ），哥伦比亚作家。

美国中央情报局（CIA）的特工时，我在位于巴塞罗那的家中开了一次会，与会者包括胡安·戈蒂索洛、路易斯·戈蒂索洛、卡斯特耶特和汉斯·马格努斯·恩岑斯贝格[1]，我们准备联名写一封抗议信，抗议古巴政府抓捕帕迪利亚的行为。许多知识分子在那封信上签了名，普利尼奥认为也应该签上加西亚·马尔克斯的名字，我们则说应该先征询他本人的意见。我无法问到他的意见，因为我不知道他当时在哪里，但是普利尼奥还是坚持要把加西亚·马尔克斯的名字写上去。据我所知，加西亚·马尔克斯后来因为此事对普利尼奥大发雷霆。那时我已经跟他没有联系了。古巴政府不仅指控帕迪利亚是CIA的特工，还指控我们所有捍卫他的人是CIA的特工，这真是无稽之谈，后来帕迪利亚出狱了，我们又写了第二封联名抗议信，这时加西亚·马尔克斯已经明确表示他不愿意签名。从那时起加西亚·马尔克斯对古巴的态度就发生了根本性的转变：双方亲近了许多，他又去了古巴——他自从那次被辞退后就再没去

---

[1] 胡安·戈蒂索洛（Juan Goytisolo）、路易斯·戈蒂索洛（Luis Goytisolo）和卡斯特耶特（Josep Maria Castellet）均为西班牙作家。汉斯·马格努斯·恩岑斯贝格（Hans Magnus Enzensberger）是德国诗人。

过古巴了——还和菲德尔·卡斯特罗一同出现在各种各样的照片里,当其他人与古巴革命的亲近关系行将结束之时,他却开始与之建立起联系。

菲德尔·卡斯特罗的朋友

我不是很清楚到底发生了什么,在"帕迪利亚事件"结束之后我就再没跟他联系过了。普利尼奥的观点是:尽管加西亚·马尔克斯知道在古巴正发生许多不好的事情,但他依然认为拉丁美洲的未来应当属于社会主义,而且不管怎么说,哪怕古巴的很多事情并不像大家预想的那样发展,可它依旧是正在打破拉丁美洲因循守旧式历史的先锋典范,支持古巴革命政府就是支持拉丁美洲的社会主义未来。我不像他那么乐观。我认为加西亚·马尔克斯有种非常讲求实际的人生观,在变动出现的那一刻,他发现对于一个作家而言,更有利的是站在古巴那一边,而非对抗它。我们所有对古巴持批评态度的人都被泼尽了脏水,但他得以独善其身。只要支持古巴,你想做什么就做什么,你永远不会受到对于作家来说意味着真正危险的敌人攻击，我指的是左翼势力而非右翼势力。左翼势力一向喜欢对文化生活的所有层面进行严格掌控，从某种意义上来说，与古巴为敌、批评古巴，就意味着你要面对一个非常强大的敌人，还意味着你需要在各种情境下澄清、证明自己不是 CIA 的特工，你甚至得证明自己不是反动分子或帝国主义的支持者。在我看来，与古巴、菲德尔·卡斯特罗交朋友使得加西亚·马尔克斯免去了所有这些烦心事。

《百年孤独》

《百年孤独》让我眼花缭乱，我非常喜欢加西亚·马尔克斯之前的作品，不过阅读《百年孤独》真的是一次让人目眩的体验，我觉得那是部非凡的伟大小说。我一读完就写了篇题为《美洲的阿玛迪斯》的文章。在那个时期我非常痴迷骑士小说，我当时觉得拉丁美洲终于有了属于自己的伟大的骑士小说了，幻想因素在小说里占据主导地位，但现实、历史和社会根基并未消失，它们罕见地融合到了一起。众多读者和我的意见一致。在《百年孤独》的特点中，有一点只有少数伟大作品才具有，它既对有文化的、精英式的、要求严格的读者有巨大吸引力，也能吸引大众读者，即只关心故事情节，不在乎语言和结构的读者。我不仅开始在加西亚·马尔克斯的作品上做笔记，还开始教授关于他的课程。我第一次讲关于他的课是在波多黎各，讲了一学期。后来又在英国讲，最后在巴塞罗那讲。就这样，在完全没有计划的状态下，我慢慢利用备课笔记整理出了写作素材，后来把它们写进《弑神者的历史》一书中。

加比托[①]与消失的一年

加西亚·马尔克斯读了《弑神者的历史》。他说他在书里写满了笔记，还说会把他手里的那本给我。他从来没把书交到我手上。关于那本书，我还记得一桩逸事。书中关于加西亚·马尔克斯的个人信息都是他本人提供给我的，我相信了他，但是有次我乘船去欧洲的途中，船在哥伦比亚的一个港口停靠了一下，加

---

① 加西亚·马尔克斯的昵称。

西亚·马尔克斯的所有家人都在那里，他父亲问我："您为什么要改变加比托的年龄呢？""我没有改变他的年龄。他提供给我的信息就是那样。"我回答道。"不，您给他减了一岁，他的出生还要再早一年。"回到巴塞罗那后，我向他转告了他父亲对我说的话，他非常不自在，甚至刻意改变了话题。那绝对不是加西亚·马尔克斯疏忽大意的结果。

诗人，而非知识分子

他是个非常有趣的人，很擅长讲奇妙的逸事，但他算不上知识分子，他更像是个艺术家、诗人，他不擅长条理清晰地解释自己巨大的写作天赋。他的工作更多的是在直觉、本能和预感的基础上展开的。他具有非凡的天赋，既能精准地使用形容词和副词，还擅长设计情节、利用叙事素材，无须借助概念性的东西。在那些年里我们是很要好的朋友，我觉得他并没意识到自己在写小说时用到的那些材料有多么魔幻、神奇。

《族长的秋天》

我不喜欢。可能这么说有点夸张，但我觉得那本书就像是加西亚·马尔克斯的一幅夸张肖像画，就好像他在临摹自己。我觉得书里的那个人物一点也不可信。虽然《百年孤独》中的人物也做了许多不可能的事情，加西亚·马尔克斯描绘他们时同样没有克制，但他们始终是可信的，这部小说能在夸张的基础上让人物显得可信。相反，在我看来《族长的秋天》里的独裁者像个漫画人物，像是加西亚·马尔克斯的夸张肖像画。此外，我觉得它的语言风格并没有起到什么作用，他想在小说里使用一种和之前不同的语言风格，但是没有成功。那种行文风格并没有为他的讲述提高真实度和说服力。在他的所有作品中，我认为那是写得最糟糕的一部。

权力

加西亚·马尔克斯很痴迷于那些掌权者，那种痴迷不仅存在于文学层面，也存在于生活层面，他觉得那些能利用权力改变各种事情的人物非常有吸引力、非常迷人。他极度认同那些利用权力改变周围环境的掌权者，无论这种改变是好还是坏。我认为像"矮子"古兹曼①这样的人物肯定会让加西亚·马尔克斯着迷。我确定对他来说创造一个像"矮子"古兹曼或巴勃罗·埃斯科瓦尔②这样的人物的想法和创造像菲德尔·卡斯特罗或托里霍斯③那样的人物的想法具有同样的吸引力。

未来

加西亚·马尔克斯只会因为《百年孤独》而被人铭记吗？还是说其他短篇和长篇小说也将持续具有生命力？很遗憾，我们无法得知这个问题的答案，我们不知道五十年后对拉丁美洲作家的小说来说会发生什么事情，我们不可能知道答案，影响文学潮流的因素

---

① 墨西哥毒枭。
② 哥伦比亚毒枭。加西亚·马尔克斯在非虚构作品《一起连环绑架案的新闻》中记述了埃斯科瓦尔绑架人质、双方谈判、人质被解救的全过程。
③ 奥马尔·托里霍斯（Omar Torrijos, 1929—1981），巴拿马前总统。

太多了。我认为能够确定的是《百年孤独》将会存在下去，可能在很长一段时间内人们会忘记它，但在某个时期这部小说会复生，还会再次获得读者赋予文学作品的生命力。它的内容足够丰富，因此我有信心这样说。这就是伟大作品的奥秘。它们就在那里，可能会被埋葬，但只是暂时的，因为在某个特定时刻必然有某些东西会让那些作品再度对读者讲述，再度丰富读者的生活，就像它们过去曾丰富了读者的生活那样。

决裂

问：你后来有没有再见过加西亚·马尔克斯？

答：没有，再也没有……我们聊到危险的话题了，我觉得是时候为这次对谈画上句号了（笑）。

问：你在得知加西亚·马尔克斯去世的消息后有什么感觉？

答：当然感觉遗憾。和科塔萨尔或卡洛斯·富恩特斯一样，他的去世标志着一个时代的终结。他们都是伟大的作家，此外还都曾是我的好朋友，而且那时拉丁美洲正吸引着全世界的目光。身为作家，我们经历了拉丁美洲文学展现积极面貌的时期。当我发现突然之间我变成那一代作家里唯一在世的人，变成最后一个能以第一人称谈论那段经历的人，我很难过。

访谈

加西亚·马尔克斯：
我们正在打造属于美洲的伟大小说*

（采访者：阿拉特）

加西亚·马尔克斯在他的最新小说《百年孤独》里借助马孔多打造了一个魔幻－神话－现实的世界，这是对拉丁美洲的概述，小说少见地获得了评论界和读者的一致好评。加西亚·马尔克斯成了南半球的一线作家，不过这位哥伦比亚作家拒绝人们对他的盛

---

* 发表于《快报》，利马，1967年9月8日，星期五，p.11。阿方索·拉托雷（Alfonso La Torre），秘鲁记者、小说家、戏剧评论家，1927年10月13日出生于库斯科市的阿科马约镇，2002年12月3日于利马市去世，"阿拉特"为其笔名。

誉，也抗拒"最好的作家"这一称呼——有人曾这样评价他。

美洲：魔幻的大陆

"问题不在于我和卡彭铁尔、巴尔加斯·略萨、科塔萨尔、卡洛斯·富恩特斯谁写得最好，"他这样说道，"重要的是我们每个人都各自书写了关于这片广袤大陆的同一本小说的一个章节。啊呀！不得不承认这一点：我们正在创造历史，就像我们的前辈作家们那样。我们让'文学爆炸'现象在拉丁美洲出现，把拉丁美洲的广阔以新文学的形式呈现了出来。"

我们坐在克利翁酒店的酒吧里的一张小桌边攀谈。加西亚·马尔克斯喝的是矿泉水，穿着亮黄色的衬衫，他经常手舞足蹈地比画，给灰色的利马冬日增添了一抹热带色彩。

问：您谈到了"新文学"。那么您如何定义西罗·阿莱格里亚、阿格达斯、加列戈斯、阿斯图里亚斯这些作家呢？

答：举个例子，他们全都以欧洲人的态度谈论印第安人。他们展现了印第安人的魔幻世界，却总是带着抱歉和声明的意味，好像在说："这是印第安人相信的东西，不是我相信的东西。"而我们这群作家，尤其是对与我们相关的事情，我们是打心眼里认可那种魔幻世界的，并且果断地生活在其中。之前人们认为非洲是魔幻的大陆，现在不是这样了。这里什么都有，我们所有人都很疯狂，那是种肆无忌惮的疯狂。欧洲头晕目眩地接受了我们的姿态。欧洲是片被写了又写的大陆，已经没有什么秘密可言了，需要有新的东西被讲述出来，比如这里。

问：所以比起历史和心理学来，《百年孤独》才更偏向神话、传说和灵学吗？

答：当然了。一个事情真实与否取决于人们是否相信它。举个例子，在我的小说里，美人儿蕾梅黛丝升天的故事实际上是有现实依据的：一个有权势的家庭的女儿跟男人私奔了，母亲为了维护家族的荣誉，厚颜无耻地声称自己的女儿突然飞到天上去了。随着时间的推移，人们也就接受了这种说法。比起现实来，我更喜欢这种充满诗意的说法。另一方面，从两千年前开始，我们就重复听到圣母升天的故事，这一说法已经变成了某种信仰,也就成了一种"现实"。肯定有人认为科塔萨尔的故事纯粹是幻想,是对"现实"的扭曲;但只需要去一趟布宜诺斯艾利斯你就会发现那座城市里到处都是科塔萨尔笔下的人物和场景。你真的能够看到人们独自在街上手舞足蹈。所有人都疯了。是他笔下的那种疯狂。

问:有人说过,布宜诺斯艾利斯到处都是"克罗诺皮奥"和"法玛"[1]。

答:正是如此(加西亚·马尔克斯笑了)。

问:如果真正重要的是将充满诗意的东西创作成故事的话,您认为又该如何定义作家的社会和政治抱负呢?

答:在美洲,人们的任何举动都带有政治意味。只要认真阅读我写的书,就能知道我的政治态度是怎样的。但是对我而言,最重要的事情还是文学。

问:我们想要就一个非常具体的事件了解您的看法:哥伦比亚政府刚刚封掉了卡利的教育剧场,理由是缺乏资金。这片大陆上有许多人起身抗议在您的国

---

[1] 科塔萨尔作品中的虚构生物。

家发生的这起政治压迫文化的事件，您也是抗议的一员吗？

答：好吧，我不希望在哥伦比亚有人认为我想要跳出来说些什么，实际情况复杂得多。我国政府亮明了态度：首先要确保政治稳定，然后再看看能在文化方面做点什么。出于这个理由，他们关闭了许多驻外大使馆，特别是驻联合国教科文组织的办事机构，取消了许多文化参赞的职位，就和人们预计的那样，他们连文化部也不设立了……图书也无法享受税款减免的政策……

问：也就是说，您同意这种轻视文化的做法？

答：当然不是。我完全不认同那种态度。我会为此抗议。政府应当关注一个国家的所有层面，不能忽视任何东西。

问：那么，至于作家的抱负问题……

答：我和巴尔加斯·略萨的看法一样：作家永不妥协，不管他身在何处。他的作品就是自不断抗争的状态之中诞生的。这与不同社会秩序孰优孰劣无关。当完美的秩序到来时，作家依然不会满足于现状：人世间的事总会有改进的余地，作家也就总会有理由创作新的作品。

人类生活最低层次中的诗意

问：《百年孤独》里有个很引人注意的地方：人类的排遗物这一主题。您是刻意想要寻找抒情性和史诗幻想的对立面吗？

答：人类的排遗物？

问：对，最美丽的姑娘蕾梅黛丝，就是升天的那位姑娘，曾用手指蘸着粪便在墙上作画；还有六十个便盆①……还有……

答：我没留意过这个问题。六十个便盆的事情是有历史依据的。不过我们的排遗物本身就是我们的一部分，是人类的一部分，作家自然不能忘记……

问：《伊利亚特》或《红与黑》里就没有这样的描写……

答：我明白您的意思。毫无疑问，就像您说的那样，粪便的主题是我刻意为之的，我想让人类生活的

---

① 《百年孤独》中实际为七十二个便盆。

最低层次之中也有充满诗意的沉淀物，也就是屎……小说里有个人物可以排出钻石，还有比这更有诗意、更奇妙的事情吗？不过，这是有现实依据的：我认识一个走私犯，他就是这样走私钻石的。有一次他在海关将钻石拉了出来……每次坐上便盆，他就会感到揪心。

问：在您的这本小说里还有种独特的态度。提及性爱和性行为的方式时，您的语气是史诗性的、干净的、让人兴奋的，没有弗洛伊德的阴影，但常有作家喜欢以私人化的、病态的方式去描写性行为，甚至连福克纳也是如此……

答：那是因为对我来说性爱是人类活动中最美好的事情之一。妈的，可要是说到物种延续的话……我们得把自己从西班牙带来的情结中解放出来。我对待性爱的态度是健康的、快乐的、诗意的，因此它与色情无关……

问：我们谈到了福克纳，您承认自己受到了福克纳的影响吗？

答：很久之前评论家们就强迫我承认了自己受过福克纳的影响，尽管在那之前我从没读过他写的东西。

问：这种对待性爱的态度是股新的潮流吗？美国

的荒诞小说也摆脱了弗洛伊德式的恐惧……

答：也许吧，我没读过那些作品。不过我知道他们做的事情。

问：您这部小说里的那种史诗-魔幻的语气是否也存在于欧洲流浪汉小说的某股浪潮中呢？例如弗里施①的《施蒂勒》、君特·格拉斯的《铁皮鼓》和《狗年月》……

答：我不知道。也许吧。我没读过那些书。当然了，我知道他们在做什么。

让作者吃惊的作品

问：来聊聊神话和魔幻方面的问题，您与灵学的联系要比与心理学的联系更深，这是刻意为之的吗？

答：我对心理学有些接触。而灵学指的是人身上不为人知的东西……

问：可是灵学也正逐渐成为一门学科。

答：好吧，我不知道……我不想给出任何肯定回

---
① 马克斯·弗里施（Max Frisch, 1911—1991），瑞士戏剧家、小说家，代表作有《施蒂勒》《能干的法贝尔》等。

答。不然之后我还要推翻自己。从不推翻自己或从不自相矛盾的作家肯定是教条式的作家……

问：在重读自己的作品时，您是否曾有过搞不清楚自己是怎么想到要塑造某些人物或某些场景的情况？

答：为什么问这个问题？

问：我不是以记者的身份问这个问题的，更多是我个人的好奇。

答：啊，我害怕别人问我风格方面的问题。确实如此：有时候我的确不明白自己是怎么想到要塑造某些人物的，不知道他们从何而来。在刚开始写一本书的时候，我不确定它会朝什么方向发展：它会成为不错的作品，还是说会变成……我写《百年孤独》时就像着魔了一样：我在三个月里都没跟妻子说话，心里只想着写作的事……

问：尽管这本书会让读者陷入混乱，而且实际上作者同样陷入了这种混乱中，可是读者在读完全书后会发现小说的脉络实际上是非常清晰的。

答：因为我把一切都设计好了，我有布恩迪亚家族的谱系表。另外，请记住，这原本就是部已被写成的书，作者就是书中的一个人物，吉卜赛人梅尔基亚德斯。

问：您是怎么设计出梅尔基亚德斯这个人物的?

答：有些评论家坚持认为那个人物的原型就是我。他们说梅尔基亚德斯的复活象征着作者对永恒的渴望。

问：《百年孤独》让人惊讶的地方就在于它和您之前的作品完全不同。

答：你不觉得它们都是同一个人写出来的吗?

问：我不觉得。您之前的作品语言风格十分简约。相反,《百年孤独》是一场感情色彩热烈而丰富的文字实验。

答：是这样吗?毫无疑问每本书都有属于自己的风格。《恶时辰》简约的语言风格是我精心设计的结果,为的是对抗之前那些拉丁美洲小说家的写作倾向：面对这个热情奔放的大陆,他们决定用夸张的修辞来描绘它。但是《恶时辰》也把我带到了高墙前,使我的语言处于脱水状态。之后我该如何是好呢?实际上,《百年孤独》才是我的第一本小说：我构思了七年。但是我一直找不到合适的语言风格。在马孔多发生了那么多事,只有一种多样化的、实验性的语言才能让每个或简单、或神奇的语言诗意地化为现实……剩下的就交给我绝对真诚的态度了。

在道别时,加西亚·马尔克斯把胳膊搭到我们的肩膀上,对我们说道:"我想和您来一场'非报道式'的谈话。您就是所谓的'文学浑蛋'。"

"什么?"

"没有冒犯的意思。所谓'文学浑蛋'就是把作品从头到尾都读透的那种人。您关于粪便和灵学的问题很重要。咱们喝杯咖啡去吧,我觉得接下来的谈话肯定会对我很有帮助。"

加西亚·马尔克斯：关键词是"真诚"*

（采访者：卡洛斯·奥尔特加）

"多年以后，面对国立工程大学的报告厅，作家加西亚·马尔克斯将会回想起外公带他去见识单峰驼的那个遥远的下午。那时的阿拉卡塔卡是一个二十户人家的村落，泥巴和芦苇盖成的屋子沿河岸排开，湍急的河水清澈见底，河床里卵石洁白光滑宛如史前巨蛋。世界新生伊始，许多事物还没有名字，提到的时

＊发表于《商业画报》，利马，1967年9月10日，星期日，pp.10-11。

候尚需用手指指点点。"

没错,我仿写了用以讲述神秘马孔多故事的诗意语言,这段文字自然不是加夫列尔·加西亚·马尔克斯那部伟大小说的开头,却可以用来描绘他在国立工程大学人满为患的报告厅里准备对谈活动的画面。

听众们几乎把脖子抬到最高处,被他说话时散发的魔力所吸引,他与马里奥·巴尔加斯·略萨的对话"顽固地"远离了理论思辨的干瘪限制,远离了令人不安的政治问题,深入了这个男人光怪陆离的幻想世界中;似乎他的呼吸都在讲述,故事仿佛是从他的每一个毛孔、每一寸骨髓中渗透出来似的。

要不是因为在对谈活动开始的几个小时前我和加西亚·马尔克斯、巴尔加斯·略萨以及其他一小群人在一起的话,我肯定会认为对谈里的很多内容都是事先排练好的。不过考虑到对谈双方的身份,我们就能知道事实并非如此,也不可能如此。巴尔加斯·略萨严肃、严格、条理清晰,他对文学的重大社会影响力有着持久且真挚的思考,他借此不断向那位哥伦比亚作家提出精彩的问题。加西亚·马尔克斯不回避任何问题,不逃避责任,不断讲述精妙的故事。他讲了自己的经历，那可能是任何一个拉丁美洲孩童的经历：他孤独，被迫坐在一把可怕的椅子上观察这个疯狂的世界，那里满是幽灵和亡者，他们的存在难以解释，但十分骇人，他们是迷信的产物，在石膏圣像那冰冷闪亮的目光的注视下徘徊。他讲述了外公的故事，那是个宽厚仁慈的人物，他从一个注定人人冷漠、狡诈、孤独的世代中幸存下来；曾经参军入伍的伟大外公知道该如何窥探这个孩子那满是烦恼的世界，他也懂得如何将他从中拯救出来：给他讲述古老的英雄业绩，教会他分辨单峰驼和双峰驼。总之，他讲述的是自己家的故事，是他的小镇的故事，是他父母的故事，但也有可能是我们家的故事，是我们小镇的故事，是我们父母的故事。他始终带着一副"冷漠脸"写作，据他自己所言，他在写小说时通常会把可信的和不可信的东西交织在一起，它们既源自他经历的、储存于记忆中的现实生活，也源自擅长讲故事的家人和其他一些人带着"冷漠脸"给他的童年生活塞入的那些形形色色、让人窒息的幻想。

实际上，人们永远都不知道加西亚·马尔克斯在对谈中试图真挚描绘的现实建立于哪个时刻、哪个细节、哪个意外或事件之上,它已与他凭借想象力创造出的世界融为一体。在他讲述自己的童年生活和人生经历的时候,在他描绘环境的时候,他也是在向听众揭示他的小说的源头。很难分辨哪些是加西亚·马尔克斯童年时了解或认识的人,哪些又是《百年孤独》中虚构的人;也很难分辨哪个是阿拉卡塔卡,哪个是马孔多。因为加西亚·马尔克斯——据他本人坦白——是最糟糕的理论家,较为糟糕的演讲者。无论何时何地,他都是个叙述者,促使他成为叙述者的不仅仅是志向或命运,也是生活的需求。"我尤为关注人类的孤独问题,"在我和他的一场私人对话里他这样对我说道,"但我指的不是哲学概念中的孤独,这种概念显然十分反动,我提到的孤独是作为人类会面对的问题和挑战,是那种只有团结才能将之化解的孤独。在拉丁美洲,孤独是精神错乱的一种体现,我的解决办法就是把它写下来……写作也是寻求团结的一种方式。"

"我们可以长时间谈论团结的话题,但问题是人们最后肯定会说我是共产主义者。"他提醒我。加夫列尔·加西亚·马尔克斯,面对我,独自一人,没有其他听众，他的眼神十分灵动，顶着一头杂乱的卷发，还留着波莱罗歌手或阿根廷足球队员式的胡子，他对我说的话和在国立工程大学面对他的听众时讲的话完全一样。(说"他的听众"是因为巴尔加斯·略萨——和加西亚·马尔克斯一样是文坛明星[①]——十分慷慨，他把自己定位成了次要的"提问人"，同时，他还很真诚、直接，又十分天才，他们的话语中不断迸发出或讽刺或幽默的美妙火花，此外，何不提一提加西亚·马尔克斯超凡的编织故事的能力呢，这让他成了公众面前的主导者、发话人，他不停地玩着语言游戏……而且始终带着"冷漠脸"说话。)

不过这次只有我们两人。也许出于这个原因，他显得灵活又直观，他没像在公众面前——这是他下的定义——那样同我讲话，而是脱口而出般地说道："我父母本想让我当药剂师，而我想当律师。在发现自己什么都干不成后，我就成了作家。"

我知道他不会跟我老实讲话，也不会将事实和盘托出。我承认加西亚·马尔克斯的个性里有骄傲的一面，

---

① 原文为法语。

同时他还很喜欢耍点小伎俩。于是我选择了迂回策略。

问：你（由于他和我说话时语气亲近，所以我用了"你"的称谓，而且一旦你认识了他，你就会觉得自己像他的老朋友一样）刚才说你是九岁学会阅读的，而且你其实不喜欢阅读。说真的，我不相信。

答：这绝对是实话。我九岁之前没上过学。至于阅读，也不能说我完全不喜欢。那个说法有点夸张，其实如果我觉得某本书很无聊，哪怕它再重要，我也会立刻把它丢到一边，而且永远不会再读。这个习惯对我来说有个用处：我时常担心我写的书也会遭受同样的命运，所以我总会努力把书写得更有趣一些。

这条路没走通，我就试着走另一条路。在我的印象里，加西亚·马尔克斯是个非常真诚的人，但我觉得他已经学会了把这种真诚当作武器，会刻意地、聪明地利用它。我和他一样不再拐弯抹角，而是尽可能地真诚相待。他的"冷漠脸"短暂地消失了，变得严肃起来。他像是要说什么，但是又没说。后来他说：

"也许你说得对。我可以告诉你我发明了一种理论：公众在面对真诚的态度时反应最好。因此我总是喜欢开门见山。啊！但是请注意：这不是什么刻意设计，也不是为了追求效果。我连告诉你这个理论时也很真诚。"

我惊讶得张大了嘴巴。他又重新摆出"冷漠脸"来，或者说"骨头脸"……还是块难啃的骨头。我正想摆脱他的掌控时，他又说：

"在加拉加斯会议之前，我从没在公众面前讲过话。从那时起我才逐渐习惯了公开讲话。面对公众讲话时，我会先试探着说点什么，看看他们能否接受，可以的话，我就会继续保持平静，继续一件接一件地讲述各种各样的事情。"

问：如果他们不接受呢？

答：那我就心烦意乱了。我会紧张起来，手心冒汗，感觉糟糕，我会第一时间放下麦克风，当然前提是现场有麦克风，然后跑掉。在梅里达就发生过这种事情。他们把我们领进了一间巨大、寒冷的大厅，里面还飞着许多惹人心烦的鸟，大概有上千只鸟。轮到我发言时，我注意到围绕在我们身边的都是军人，他们就是听众。我觉得有点不爽。我说了第一段话：全场沉默。我又说了第二段、第三段话，然后就不说了。我开始直冒汗，腿也抖了起来，我十分慌乱，赶忙结束了发言。鸟儿还在飞，上千只鸟。

巴尔加斯·略萨也讲述过这件有关梅里达之鸟的故事，这让我们想起了加西亚·马尔克斯的小说《恶时辰》，故事中上千只鸟为了躲避热浪入侵了居民住宅，最终死在屋内。根据这位痛苦的演讲人的描述来看，梅里达的鸟儿们本应该寻觅另一处避难所才对，不过我总觉得这件事有些不真实。可是既然事情跟堂加夫列尔相关，那么也就没人知道……

顺便提一下，当时我突然想到了加西亚·马尔克斯将要写的下一部小说，当时他已经构思好了。

"它涉及了权力的孤独这一主题。讲的是拉丁美洲一个独裁者的故事，他在一个巨大的宫殿中陷入了绝对的孤独，母牛和其他动物在宫殿里散步，它们一张接一张地把那些肖像画吃掉，而那些画本是为了画中那些伟人的永恒存在而作的。"

问：你会在什么地方写这本书呢？

答：在巴塞罗那。我没办法在哥伦比亚写东西，因为那里的人都很喜欢我，他们不让我安心工作。(这很有意思：加西亚·马尔克斯迫切追求的正是让朋友们更喜欢他。他曾说过："我写作，是为了让朋友们更喜欢我。")我想在欧洲写这本书，在那边开销也更小。

问：这很重要吗？

答：非常重要。我认为作家及其家人的生活问题得到解决之后，他写得会更好，因为这样他就能够把自己关起来安心写作了。在开始写《百年孤独》之前，我把我们手头所有的钱都交给了妻子，我估摸着那些钱足够维持我们三个月的生活。我埋头写了十八个月，完全忘了外界的事情。写完之后我才发现，家里的东西早就陆续从大门出去了。妻子不得不变卖了电视机、冰箱、各种家具……

> 为了确保不受打扰地进行实验，何塞·阿尔卡蒂奥·布恩迪亚在宅院深处盖了一间小屋，整个漫长的雨季都把自己关在屋中……正是在那个时期他养成了自言自语的习惯，旁若无人地在家中踱步，与此同时乌尔苏拉和孩子们却在菜园里累得直不起腰来，照料香蕉、海芋、木薯、山药、南瓜和茄子……[①]

[①] 译文选自《百年孤独》，范晔译。

话虽如此,加西亚·马尔克斯还是在巴黎度过了一段极度贫穷的岁月,他在那里过着穷困潦倒的生活,像极了他的小说《没有人给他写信的上校》里的上校,他似乎也在等待着永远不会到来的支票。他作为通讯员工作的那家报社被罗哈斯·皮尼利亚[①]查封了。根据路易斯·哈斯的说法,他甚至到了"衣服口袋都带着破洞,混进了阿萨斯街上给女佣的房间里住"的地步。

"我认为这种事不会再次发生了。最新的这部小说每再版一次,我就能在欧洲的任何一个地方安静地生活上一年,而且现在拉丁美洲小说家写的东西再版很快。我们迎来了真正的'拉丁美洲爆炸',但我觉得不仅是'文学爆炸',它更是'读者爆炸'。这种现象还带来了其他许多东西。例如罗慕洛·加列戈斯文学奖,哪怕有人指责它是个带有'共产主义性质'的文学奖,可至少在接下来的几年里那个奖应当会颁发给像鲁尔福、科塔萨尔、贝内德蒂、爱德华兹、多诺

[①] 古斯塔沃·罗哈斯·皮尼利亚(Gustavo Rojas Pinilla, 1900—1975),哥伦比亚独裁者。

索、戈蒂索洛这样的作家。"

问：加西亚·马尔克斯呢？

答：当然了，也应该颁给我。这都要归功于"读者爆炸"。

问：或者是因为……

答：或者是因为我和社会主义站在同一边。

问：你指的是？

答：社会主义，或者说古巴，如果人们希望我这么说的话。也许我和古巴革命政府间也存在一些分歧，但那都是些细枝末节的东西，我终究还是信任他们的。

问：你指的是信任游击战之类的东西，信任暴力这一方式？

答：对此我不发表意见，因为我还没有想清楚。

问：你的小说里有意识形态的东西吗？

答：我的小说有内容。

问：那么欺骗和幻想这类东西呢？

答：拉丁美洲的现实就是十足的幻想。你还能在哪里看见在我们这些国家发生的事情呢？癫狂、贫困、独裁、外国剥削难道不带有幻想色彩吗？

问：博尔赫斯也擅长幻想……

答：但是他什么也没说。我尊敬他，但我更多是在"利用"他。我阅读他的目的比较单纯，他驾驭语言的能力、编织故事的能力让我欣赏，但是在这些东西的背后我什么都没找到。

问：你觉得他的作品很空洞？

答：彻头彻尾的空洞。他的作品是场美妙但空洞的游戏。

问：那么你的作品呢？

答：不空洞。

他回答得斩钉截铁。在那一刻我想起了《没有人给他写信的上校》的结尾：

"这只鸡不会输。"

"可如果输了呢？"

"还有四十五天才轮到考虑这件事情呢。"上校说。

妻子绝望了。

"那这些天我们吃什么？"她一把揪住上校的汗衫领子，使劲摇晃着。

"你说，吃什么？"

上校活了七十五岁——用他一生中分分秒秒积累起来的七十五岁——才到了这个关头。他自觉心灵清透，坦坦荡荡，什么事也难不住他。他说："……"①

……加西亚·马尔克斯天才地创作出了这个具有象征性的拉丁美洲角色，尽管他看重尊严，甚至是种超越了最终希望之边界的尊严，最终还是会吃同样的东西，做同样的噩梦，等待着那封永远不会到来的信件；又或者像《百年孤独》描写的那样，如果他始终不清楚自己为何又为了什么去斗争的话，他会被摧毁，会丧失尊严。

……小加夫列尔最终成了为了让朋友们更喜欢他而写作的知名作家……

---

① 译文选自《没有人给他写信的上校》，陶玉平译。结尾处采访者在引用时用省略号代替了原文的"吃屎"。

相片集

加夫列尔·加西亚·马尔克斯和马里奥·巴尔加斯·略萨在国立工程大学建筑系报告厅中。立于左侧角落处的是诗人埃米利奥·阿道夫·威斯特法伦。

1967年9月5日摄于利马。

加夫列尔·加西亚·马尔克斯和马里奥·巴尔加斯·略萨在国立工程大学。照片最左侧是何塞·米格尔·奥维多。1967年9月7日摄于利马。

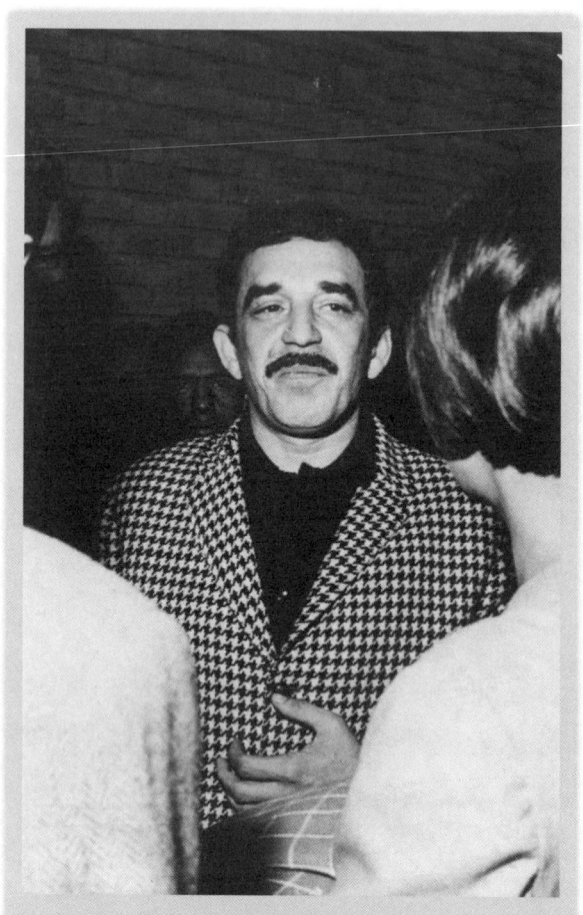

加夫列尔·加西亚·马尔克斯在国立工程大学。1967年9月7日摄于利马。

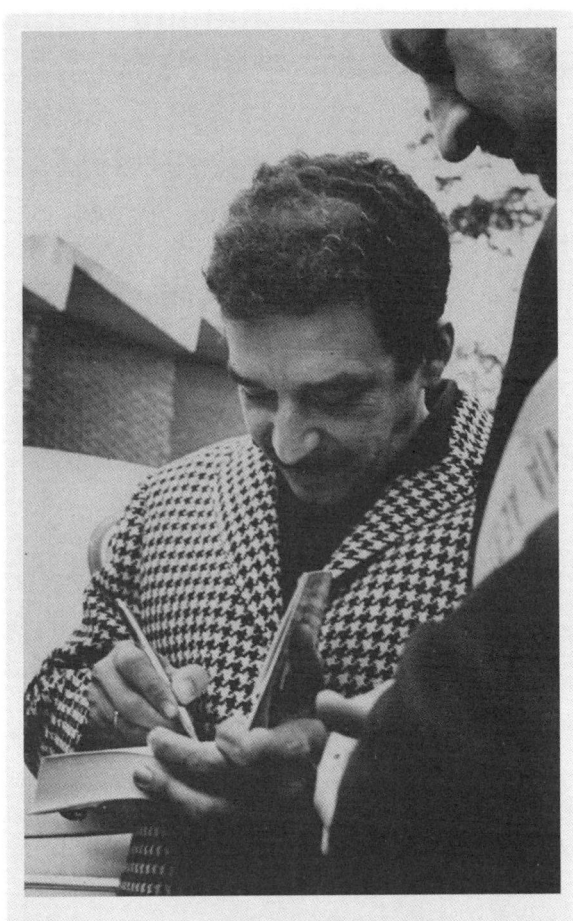

加夫列尔·加西亚·马尔克斯在建筑系外签名。

1967年9月7日摄于利马。

费尔南多·德西斯罗、梅塞德斯·巴尔恰、加夫列尔·加西亚·马尔克斯和帕特丽西娅·略萨在阿古尔托之家。

1967年9月8日摄于利马。

加夫列尔·加西亚·马尔克斯和马里奥·巴尔加斯·略萨在阿古尔托之家。

1967 年 9 月 8 日摄于利马。

离别。加夫列尔·加西亚·马尔克斯、马里奥·巴尔加斯·略萨、玛尔塔·里维利、梅塞德斯·巴尔恰和何塞·米格尔·奥维多在豪尔赫·查韦斯机场。
1967年9月11日摄于利马。

图书在版编目(CIP)数据

两种孤独 / (秘)马里奥·巴尔加斯·略萨, (哥伦)加夫列尔·加西亚·马尔克斯著;侯健译. -- 海口:南海出版公司, 2023.4
 ISBN 978-7-5735-0514-9

Ⅰ. ①两… Ⅱ. ①马… ②加… ③侯… Ⅲ. ①拉丁美洲文学-文学研究 Ⅳ. ①I730.06

中国国家版本馆CIP数据核字(2023)第042687号

著作权合同登记号 图字: 30-2023-005
©Heirs of GABRIEL GARCÍA MÁRQUEZ,
and MARIO VARGAS LLOSA, 2021

两种孤独
〔秘鲁〕马里奥·巴尔加斯·略萨 著
〔哥伦比亚〕加夫列尔·加西亚·马尔克斯 著
侯健 译

出 版	南海出版公司 (0898)66568511
	海口市海秀中路51号星华大厦五楼 邮编 570206
发 行	新经典发行有限公司
	电话(010)68423599 邮箱 editor@readinglife.com
经 销	新华书店
责任编辑	侯明明
特邀编辑	梅 清 吕宗蕾
营销编辑	王 靖
装帧设计	韩 笑
内文制作	田小波
印 刷	山东韵杰文化科技有限公司
开 本	850毫米×1168毫米 1/32
印 张	5
字 数	65千
版 次	2023年4月第1版
印 次	2023年11月第3次印刷
书 号	ISBN 978-7-5735-0514-9
定 价	49.00元

版权所有,侵权必究
如有印装质量问题,请发邮件至 zhiliang@readinglife.com